Ex cibus et uj Congfferrac

LE PARFAIT
SECRETAIRE,

OV

LA MANIERE D'ESCRIRE

ET DE RESPONDRE
à toute forte de Lettres, par Preceptes
& par Exemples.

Par le sieur Jacob Duscal

A PARIS,

Chez ANTOINE DE SOMMAVILLE,
au Palais, en la Gallerie des Merciers,
à l'Efcu de France.

M. DC. XLVI.
Auec Priuilege du Roy.

PREFACE.

Mynte, vous m'enga-
gez dans vn deſſein
que ie deuois au Pu-
blic il y a long-temps , auſſi
bien qu'à vos merites : Mais
vous eſtes trop aymable pour
refuſer à vos deſirs vne grace,
qui me coute ſi peu. Vos ſouhaits ſont ſi iuſtes , que ie me
ſens porté à vous entretenir
d'vne Science , qui merite vos
ſoins & vne partie de vos oc-

PREFACE.

cupations. Certes, ie n'ay pû
souffrir qu'vn si bel Art, fut
plus long-temps caché à la
France : Et ie me suis estonné
comme les Siecles passez &
tant de Sçauantes plumes du
nostre, ayent priué leur Patrie
de ce que i'ay remarqué en
la plufpart des Estrangers. I'a-
uoüe que mon dessein est
grand, Amynte ; & bien que
beaucoup de parties me manquent pour sa perfection ; i'ay
neantmoins tâché de donner
à cét Art vn air & vn visage le
plus doux qu'il m'a esté possible. D'ailleurs vous n'ignorez
pas qu'aux grandes entrepri-

PREFACE.

ſes, le ſeul effort eſt quelquefois loüable : C'eſt pourquoy
ie ne crois pas deſobliger les
François, en publiant des Secrets que i'ay tirez des plus
Grands Hommes que la Ter-
re ait iamais porté. Les raretez
que i'ay découuertes en la Lecture, que i'en fais depuis pluſieurs années, meritent bien
voſtre attention, & i'eſpere
que vous n'agrerez pas moins
mon ouurage pour ſa nou-
ueauté; que pour le profit que
vous en tirerez. Peut-eſtre
qu'vn puiſſant Genie acheue-
ra ce que ie n'ay qu'ébauché :
L'Idée toutefois que ie vous

en donne , eſt vn recueil de
plus de deux mille Auteurs,
qui ſe ſont addonnez à cét e-
xercice : Et il m'a ſemblé ſi
beau que i'ay voulu qu'il fiſt le
premier eſſay de ma Plume.

Les matieres que i'y traitte,
ſont employées de toute ſorte
de perſonnes , & ie les manie
auec tant d'étenduë , qu'vn
châcun les peut aiſément con-
çeuoir. Vous n'auez qu'à par-
courir mes Chapitres pour en
découurir l'intention & l'vſage. l'enſeigne les Preceptes
qu'il faut pratiquer , & ie ſuis
aſſeuré que celuy , qui ſe les
propoſera pour régle, me ſur-

PREFACE.

paſſera en fort peu de temps, s'il y ioint l'exercice. Nous n'a-uons de la peine dans les Arts, que lors que nous en ignorons l'artifice : Et ie vous iure que i'ay choiſi la voye la plus pro-pre & la plus aiſée pour arri-uer au but de mon deſſein. A n'en mentir point, les Lettres ont des charmes qu'on ne ſçauroit aſſez bien exprimer. Pour moy, ie ne reçois point de plus aymable preſent que celles de mes amis. Ce ſont les plus cheres confidentes de nos Secrets. La Renommée ne vole gueres plus viſte qu'v-ne Lettre, qui étend ſon Em-

PREFACE.

pire par tout le Monde. Elles nous promenent par toute la Terre , & nous font trouuer en mesme temps en diuers lieux. De grace, Amynte, souffrez que ie m'estende sur cette matiere; qui ne sçauroit iamais estre assez maniée , & où il y a tousiours quelque nouueauté à traiter. Qui a-t'il , qu'vne Lettre ne communique? Nos ioyes font redoublées par ce moyen, & nos infortunes ont quelque espece de douceur, lors que nous les pouuons témoigner à ceux, qui nous cherissent. Ciceron n'a point eu d'autre Consolation durant

PREFACE.

son Exil : Ouide a noyé tous
ses déplaisirs & ses regrets dans
ce diuertissement. Mais qu'elle maniere d'escrire peut-on
rencontrer, ou plus diuerse, ou
plus agreable ? L'exercice en
est si doux , qu'on y fait entrer
tout ce que la Nature a de
plus riche & de plus rare dans
ses Thresors. L'on *Console* ses
amis dans les afflictions. S'il
leur arriue du bon-heur, incontinent nous leur en témoi-
gnons de la Ioye : Nous Gaignons l'amitié des personnes
par l'artifice des *Loüanges*, &
par la diuersité des *Complimens*. On leur fait part des

PREFACE.

Nouuelles ; on *Raille* ; on *Re-mercie* : Et ſi quelqu'vn a du merite, on trouue icy *l'Art de le Recommander.*

On fait des *Preſens* , on en *Demande*, on *Conſeille*, on *Ex-horte* , on *Perſuade* , on *Dé-tourne* , on exprime vne *Paſ-ſion Amoureuſe.* On *Prie* , on *Accuſe* , on *Reproche* , on *Ad-uertit* : En fin ceux qui ont plu-ſtoſt manqué de moyen, que de volonté de paruenir à la connoiſſance de cette Metho-de, trouueront de la ſatisfa-ction dans la diuerſité des choſes, que ie traitte. Or pour rendre cette doctrine

PREFACE.

plus accomplie, i'ay marié les Preceptes auec les Exemples, & me suis proposé vn but, auquel ie les ay rapportez. Vous verrez assez, Amynte, que i'ay suiuy la disposition la plus naturelle.

Ie diuise mon Secretaire en trois Parties, selon les trois Genres de la Rhetorique : sur châque forme de Lettres, ie declare ce qui est de son essence & de sa fin. Ie ne puis nier que ie n'aye tiré beaucoup de lumieres de la communication d'vn de mes Amys. Il me suffit de vous dire que ie ne m'attribuë de ce Liure, que

PREFACE.

ce qu'il a digne de blâme : car
ie fuis encore bien ieune pour
meriter de la gloire d'vn ouurage que i'ay fait auec plaifir.
Mais fi vous me voulez donner des applaudiffemens, faites
que ce foit pluftoft à ma bonne volonté ; qu'à mon labeur.

TABLE
DES CHAPITRES
contenus en ce Liure.

Table des Chapitres.

Table des Chapitres.

Table des Chapitres.

ẽ

Table des Chapitres.

Table des Chapitres.

Extrait du Priuilege du Roy.

PAr grace & priuilege du Roy, en datte du 29. iour de May 1645. signé par le Roy en son Conseil, M E N- G V Y, il est permis au sieur Iacob Aduocat, de faire imprimer vn liure intitulé, *Le Parfait Secretaire, ou la maniere d'escrire toutes sortes de Lettres:* & deffences sont faites à tous Imprimeurs & Libraires, sur peine de trois mil liures d'amende, d'en vendre d'autre impression que de celle qu'il aura fait faire, ou ceux ayant droit de luy, & ce durant le temps de cinq ans, ainsi qu'il est plus amplement porté par lesdites Lettres.

Et ledit sieur Iacob a cedé & transporté le priuilege cy-dessus, à Antoine de Sommauille & Toussaint Quinet Marchands Libraires à Paris, pour en joüir suiuant l'accord fait entr'eux.

Acheué d'imprimer le 5. Decembre 1645.
LE

LE
PARFAIT
SECRETAIRE.

CHAPITRE PREMIER.

Que c'est que Lettre, son Ety-
mologie, son vtilité, &
sa fin.

COMME la defini-
tion des suiets que
l'on entreprend de
traitter, est ainsi qu'vne agreable lumiere, qui en donne à

l'ame toute forte de connoiffance ; l'eftime ne pouuoir
mieux exprimer l'effence d'v-
ne Lettre, qu'en la definiffant.
Ie dis donc qu'elle n'eft autre
chofe, qu'vn entretien, qu'vn
amy fait à vn autre abfent ou
eloigné ; Que fi l'on confidere
la fin pour laquelle elle a efté
inuentee, ce n'a efté à autre
deffein que pour affeurer ceux
à qui nous efcriuons de ce qui
leur importe, ou à nous mefmes : c'eft par fon moyen que
nous parlons à tous les hommes, leur tefmoignant nos
ioyes, ou nos deplaifirs, que
nous leur faifons part de nos
biens & de nos maux : enfin

nous communiquons tout ce
que bon nous femble, & mal-
gré la diftance des lieux, nous
nous rendons prefens les perfonnes les plus éloignees, faisãs
entẽdre nos penfees d'vn bout
du monde à l'autre. Quelques
vns l'ont appellee miffiue, c'eft
à dire enuoyee ; dautant que
nous enuoyons par efcrit à
nos Amis ce que nous iugeons
leur pouuoir eftre vtile : C'eft
la fidele meffagere , & l'inter-
prete de nos penfees : c'eft par
elle que nous entendons des
nouuelles de toutes les nations de la terre, & voyons en
fort peu de temps, vn abregé
de toutes les raretez du mon-

de. Les Lettres empefchent la
ruine des amitiez : c'eft le feul
moyen que nous auons de
nous def-ennuyer , lors que
nous regrettons la perte , ou
l'efloignement de quelque
chofe, qui nous eft extremement chere : c'eft par ce foin
que nous conferuons nos A-
mis. Combien de profit & de
plaifir reçoiuent les hommes
par le commerce des Lettres ?
Sans elles toute leur vie feroit
tres imparfaite,& nous ne dif-
fererions gueres des muets,ny
des brutes. Il n'y a rien de plus
puiffant pour vaincre vne A-
me, qu'vne Lettre enrichie de
belles penfees : & il eft de nos

paroles comme des miroirs :
Ceux-cy reprefentent quel eft
le vifage de noftre corps ; &
celles-là font connoiftre la face de noftre Ame. On y void
l'amour & la haine, la ioye &
la triftelle : enfin toutes les
paffions s'y découurent & s'y
montrent.

CHAPITRE II.

Des considerations que doit fai-
re celuy, qui veut escrire vne
Lettre, & de la Grace, ou bien-
seance qu'on y obserue.

CEluy qui entreprend d'é-
crire à vn autre, doit pre-
mieremēt considerer sa qualité, & celle de la personne à qui
il escrit, le sujet qu'il traite, &
les autres circonstances ; afin
de parler d'vn style bas, ou releué, selon la diuersité des sujets & des personnes. Car l'on
escrit tout autremēt à vn Ami
qu'à vn indifferēt; à vn Grand

qu'à vn moindre; à vn ſçauant,
qu'à vn qui ne l'eſt pas, & à vn
courtiſan, qu'à vn Philoſophe.
On conſidere en la perſonne à
qui l'on eſcrit, l'eſtat du corps,
de l'eſprit , & de la fortune, ſes
vertus, ſa ſcience , ſes paſſions,
ſes mœurs, ſa force, ſa beauté, ſes charges, ſes richeſſes,
ſon naturel, ſon eſtude, ſa qualité & ſon nom. L'on remarque en la nature le ſexe, l'âge,
la nation, les merites, & la Patrie; En la fortune la naiſſance,
la nobleſſe, la condition, l'ordre, l'eſtime qu'on en fait, ſon
auctorité , ſa grandeur, l'eſtat
de ſa vie, & ſa profeſſion. Pour
les paſſions, on void s'il a de

la bien-veillance , ou de la haine ; s'il nous eſt cogneu , ou
non ; quel accez on a aupres
de ſa perſonne ; & voir par où
il eſt plus ſenſible, ſa conuerſation, ſa familiarité , enfin le
parentage & les ſeruices qu'il
a rendus.

Pour la matiere comme el-
le eſt diuerſe, elle ſe doit traiter auſſi ſelon les diuers ſujets:
l'on parle autrement des affaires d'Eſtat que de celles des
particuliers , & l'on met des
choſes dans la raillerie, qui au-
roient mauuaiſe grace parmy
les ſerieuſes : Ce qui ſe remar-
quera aiſement dans les diuers
genres que nous traitterons.

Il faut que la prudence donne les loix particulieres, felon la circonftance du temps,
des perfonnes & du credit que
l'on a.

CHAPITRE III.

De la briefueté des Lettres,
& où elle eft recomman-
dable.

CErtains eftiment qu'vne
Lettre ne doit pas aller
au delà de huict vers Heroïques: elle n'a pourtant pas des
bornes fi eftroites; veu qu'elle
ne fe mefure pas à la grandeur,
ou à la briefueté; mais à la fo-

lidité & à la gentilleſſe que le
iugement y fait paroitre. Ceux
qui la veulent aſſujettir dans
certains eſpaces & à l'eſtroit,
ſont à mon aduis auſſi ridicu-
les, qu'vn tailleur qui donneroit des habits de Pygmee à
vn Geant, ou qu'vn Peintre,
qui peindroit tous ſes tableaux
d'vne meſme couleur. N'en
voyons nous pas dans Platon,
dans Senecque, dans Ciceron,
dans Pline, dans Saint Hieroſ-
me, & dans pluſieurs autres,
qui ſemblent des Volumes?
Vn eſprit adroit & iudicieux
y peut adioûter & retrancher
pluſieurs choſes s'il le iuge à
propos. Et il n'y a pas moins

de danger de s'eftendre en vn
fujet fterile, que de fe reftrain-
dre en vn qui meriteroit vn
grand difcours, parce que les
chofes fuperfluës nous en-
nuyent, comme les neceffaires
nous contentent : & elles ne
peuuent eftre paffees fous fi-
lēçe, fans perdre quelque chofe de leur grace. Ce n'eft pas
qu'vne Lettre raccourcie, ou
Laconique ne foit biē receuë ;
pource que les difcours & les
entretiens les plus fuccincts ;
font les moins ennuyeux &
particulierement aux Grands,
aux hommes d'affaires, aux
melancholiques, aux Amis, à
ceux qu'on ne cognoit pas en-

core bien, & fur tout aux Da-
mes. Que fi traitant de Dieu,
de l'immortalité de l'Ame, de
la Religion, de la Republique,
& autres matieres releuees, on
s'eftend dauantage qu'à l'ordinaire; on n'en fera pas blafma-
ble : car en femblables matieres la briefueté n'y feroit pas
moins ennuyeufe, que la lon-
gueur en des bagatelles, ou
autres chofes de peu de valeur.
Tout ce qui eft dit à propos,
eft toufiours bon. Il y a des
matieres qu'on ne fçauroit
traiter briefuement. Le meilleur c'eft, de fe tenir dans les
regles de la bien-feance, &
dans la mediocrité, fans tom-

ber dans l'excez des extremi-
tez. Les Laconiques affe-
ctoient fort la briefueté ; parce qu'ils vouloient passer pour
graues & pour subtils. Pour y
bien reüssir, on n'a qu'à retrancher les membres d'vne
periode trop longue. Plutar-
que dit qu'ils fuyoient les
mots superflus, ne se seruans
que des plus courts & aigus,
pourueu qu'ils eussent de la
grace & de la grauité tout en-
semble;comme quand Philip-
pe Roy de Macedoine, leur es-
criuit qu'il entreroit dans la
Laconie, qu'il les ruineroit de
fond en comble. Il luy respon-
dirent seulement ce mot, Si. La

Lettre que Cefar enuoya de la
bataille Perfique à Rome, ne
portoit que ces trois mots: *Ve-*
ni, Vidi, Vici, c'eft à dire, *Ie*
fuis venu, I'ay veu, & I'ay
vaincu Et Pōpee efcriuant au
Senat, dit que Damas eft pris,
Pentapolis fubiuguee, la Syrie
& l'Arabie confederees, & la
Paleftine vaincuë. Voila quel
eftoit le langage de ces grands
hommes, dont la maniere d'efcrire eft bien efloignee de celle du vulgaire, & qui par leur
briefueté eftoient autant efti-
mez, que les trop grands dif-
coureurs du Siecle merite-
roient d'eftre corrigez.

CHAPITRE IV.

Du Style des Lettres, & combien il y en a de sortes.

IE ne sçaurois mieux commencer ce Chapitre que par l'opinion de Ciceron sur cette matiere, qui dit que le style n'est autre chose qu'vne façon pleine d'artifice a bien ranger les paroles, & les raisons dans la suitte d'vn discours, en telle sorte qu'il soit conuenable au sujet que l'on traite, à la personne à qui l'on escrit, ou qui nous escoute.

On le diuise en trois diffe-

rentes efpeces; La premiere eft
fimple, qui exprime auec clarté les fujets que l'on entreprend de traiter, mais fans y
apporter autre ornement, ny
autre artifice que celuy des difcours ordinaires : on y range
les façons d'opiner dans les
confeils , les aduertiffemens,
les fimples propofitions , la
raillerie, les enfeignemens &
toutes les Lettres familieres.

La feconde eft le ftyle mediocre vn peu plus étendu, embelly de quelques figures, &
de quelques pointes d'efprit :
mais pourtant peu animé, &
defpoüillé des plus riches ornemens de l'eloquence. Les
Para-

Paraphrafes , les Narrations ,
les fimples Hiftoires ne demandent que la naïueté & la
mediocrité dans vn ftyle. Et
pour l'ordinaire, la recommandation , l'accufation, l'excufe,
la demande , la congratulation , & toutes les entrees d'vn
difcours paroiffent auec vne
naïueté , qui n'eft ny trop baffe , ny trop releuee, pourueu
que femblables Lettres ne
foient pas efcrites aux Princes,
aux Magiftrats, ny aux Sça-
uants : car pour lors vne cer-
taine grauité meflee du haut
ftyle feroit bien mieux feante
que ce temperament. Il faut
auoir efgard à la perfonne, à

B

qui on eſcrit , & faire en ſorte
que la Lettre reſponde à ſa dignité, & n'ait rien indigne de
luy. Ce ſtyle eſt propre à delecter & à plaire.

Le troiſieſme eſt appellé excellent, qui eſt eſtendu auec v-
ne agreable ſuitte de paroles
& de Sentences, orné de toutes ſortes de figures, releué au
deſſus de la commune maniere de parler, coulant ſans ru-
deſſe, où les periodes ſont faites auec nombre & meſure, &
les raiſons deduites auec vi-
gueur, où les paroles floriſſan-
tes ſont jointes à la ſolidité des
penſees, & où les pointes donnent vne extreme gentilleſſe,

sans obscurité & sans froideur.
Il a pour objet toutes les choses grandes & releuees, ou Il-
lustres, les Apologies, les Remonstrances Celebres, les Harangues, les Accusations, &
les Deffenses en des sujets No-
tables, les Conseils, les Pane-
gyriques, les Triomphes, les
Predications, les discours de
Parade, les Paradoxes, & enfin tout ce qui contient en soy
quelque chose de prodigieux,
& dont les causes nous sont
cachees, ou qui font naistre de
l'admiration, comme les Monstres, les Prodiges, & les autres
merueilles extraordinaires. Les
traits du style releué consistent

à faire couler infenfiblement
les mouuemens des paſſions
par des exclamations, admira-
tions, interrogations & autres
figures, qui comme les nerfs,
fortifient le diſcours en l'ani-
mant.

Les Poëtes employent ces
trois diuers ſtyles, auſſi bien
que les Orateurs. Le premier
ſe void dans les Paſtorelles de
Virgile ; Le ſecond en ſon A-
griculture, & le troiſieſme dans
l'Eneide. Et en Ciceron l'on
remarque le ſimple en ſes Lettres familieres ; le mediocre
en ſes liures de Morale; & l'excellent en ſes Oraiſons. Mais
tous deux les ont pour l'ordi-

naire meſlez ſelon les perſonnes, les ſujets, & les temps qui
ſe ſont rencontrez, c'eſt à dire
que le ſtyle meſlé de douceur
& de plaiſir, doit ordinairement s'emparer du commen-
cement du diſcours ; le ſubtil
& clair doit traitter les preuues & les raiſonnemens ; le
haut & le puiſſant doit toujours eſtre gardé pour les mouuemens qui ſuiuent les preuues, & qui gaignent les affections, ſoit par l'eſperance &
le plaiſir, ſoit par la crainte &
le peril, ou les menaces. Il y a
des temps, des ſujets & des
perſonnes, ou il faut deſployer
tous les charmes de noſtre elo-

quence. Et l'effay d'vne bonne Lettre ou d'vn bon difcours, eft de bien connoiftre
les perfonnes à qui l'on efcrit,
& leur preparer toufiours ce
qui leur eft le plus propre. Il
faut fur tout auoir efgard à la
chofe, de laquelle on parle. Si
on difcourt des chofes graues,
il y faut adioufter vne feuerité;
mais fi des plaifantes, vne gen-
tilleffe, & plaire de bonne grace. Il faut bien prendre garde
que noftre parole ne découure
qu'il y ait quelque vice en nos
mœurs.

CHAPITRE V.

Quel est le vray style de l'Eloquence.

L'Eloquence ne consiste sinon à dire ce qu'il faut, & comme il le faut dire. Car en effet, qui sçauroit tousiours bien choisir les sujets qu'il faut traitter selon les personnes, les affaires, le temps & le lieu, puis ranger en bon ordre les pensées, & les exprimer comme il appartient, passeroit-il pas pour eloquent, au iugement mesme de tous les habiles hommes? Ciceron estime que l'Elo-

B iiij

quence n'eſt autre choſe qu'v-
ne Doctrine profonde qui parle richement. Vn autre dit que
c'eſt vne fontaine de Perſuaſion, dont les ruiſſeaux coulent
des ſources d'vne Sapience ex-
quiſe. Et Ariſtote met toute la
ſuffiſance de l'homme eloquent à connoiſtre & à dire ce
qui eſt propre à perſuader le
ſujet qu'il entreprend. Il met
auſſi trois ſortes de pieces qui
compoſent la parfaite perſuaſion, la reputation de celuy qui
parle, les mouuemens des affections, & le diſcours. Il veut
dire que l'on iuge ordinairement ou par raiſon; ou par affection; ou par deference à vn

autre. Que la raiſon ſuit le diſcours, l'affection ſes obiets &
ſes motifs; mais que ſouuent
l'autorité d'vn homme bien
diſant l'emporte ſur ces deux
autres parties. Auſſi tout le
trauail de l'Orateur viſe à ſe
faire entendre auec clarté, auec
plaiſir, & auec obeïſſance, en
enſeignant, en delectant, &
en perſuadant. Et il n'y a rien
de ſi preſent pour l'attention,
ny de ſi fort pour l'affection,
ny de ſi puiſſant pour la perſuaſion que de ne dire pas vn
mot que tout le monde n'en-
tende, n'attachant rien à vn
diſcours qui traiſne, ny qui
l'arreſte, ny qui face diuertir les

efprits. La force de l'Eloquence ne confifte pas à exprimer
les mefmes penfees en deux ou
trois langues , bien que plufieurs tiennent que tout le fecret de l'Eloquence, confifte
à dire en plufieurs façons la
mefme verité, pour la faire entrer plus auant dans les efprits.
Ciceron nous donne vn excellent aduis touchant les moyés
d'y paruenir. Il dit que l'Eloquent doit parler de telle façon qu'il preuue, qu'il delecte,
& qu'il flechiffe. Et puis il ad-
ioufte que le preuuer , eft en
l'Orateur vne chofe neceffaire, le Delecter vne agreable,
mais flechir fon Auditeur, c'eft

emporter la vraye Victoire.
De ces trois chofes, la premiere qui eft la neceffité de prouuer & de faire entendre ce
qu'on propofe, confifte aux
chofes qu'on met en auant :
c'eft par là principalement
qu'elle s'obtient & qu'elle s'ef-
fectuë. Les deux autres depen-
dent plus de la maniere de dire. Quand il s'agit donc de
preuuer quelque verité ; qu'on
ne penfe pas l'auoir ditte à celuy qu'on veut inftruire, s'il ne
l'entend pas. Car encore qu'il
ait déja dit ce qu'il entend bien
luy mefme ; Il ne faut pourtant
pas croire qu'il ait dit comme
il faut, fi celuy qui l'écoute at-

tentiuement, ne l'a pas bien en-
tendu. Que si l'on veut dele-
ter & flechir, c'est à dire donner du plaisir & emouuoir les
passions, toute façon de dire
ne reüssira pas en ces deux parties; mais il faudra necessaire-
ment y employer la maniere,
qui s'y trouuera propre. Or
comme il faut dire agreablement pour obliger l'auditeur
à escouter long-temps auec attention : aussi faut-il dire puis-
samment pour le flechir, & le
porter à faire ce qu'on luy persuade : Et comme nostre discours luy est agreable s'il est
assaisonné des douceurs de l'E-
loquence : de mesme l'empor-

tons nous, si nous faisons en
sorte qu'il desire nos promesses; qu'il craigne nos menaces;
qu'il haysse les obiets de nostre blame; qu'il cherisse ceux
de nos loüanges; que ses ioyes,
ses tristesses, ses compassions,
& ses fuittes soient toutes hõ-
mageres de nostre discours, &
se portent ou s'écartent selon
nostre volonté. Enfin si par
nostre grande & forte Eloquence nous donnons aux esprits de nos Auditeurs, telle
impression non pas de connoissance pour sçauoir ce qu'il
faut faire; mais d'affection &
de resolution pour faire ce
qu'ils sçauent. Que s'ils ne le

fçauent pas encores;il leur faut
apprendre deuant que de les
porter par nos mouuemens à
l'executer. Et peut-eſtre qu'ils
y feront tellement portez par
la ſimple connoiſſance des
choſes, qui leur feront bien
propoſees, qu'il ne ſera pas befoin d'y employer d'autres
mouuemens. Il le faut faire
neantmoins,quand il en eſt befoin; bien que pluſieurs fois la
feule preuue, ou pour le moins
le plaiſir d'vn diſcours bien-
fait emporte l'Auditeur, fans
aucune vehemence des emo-
tions de l'Orateur: C'eſt toutesfois la vraye Victoire que
de flechir par ces mouuemens:

parce qu'il se peut faire qu'on
croye,& qu'on prenne plaisir à
ce qu'on entend,& que neantmoins on n'en vueille rien faire,à faute de bons mouuemēs.
A quoy seruent donc pour
lors ces deux autres pieces, si
cette troisiesme manque? Il se
trouue des courages si reuesf-
ches & si farouches, que le delectable n'est pas assez fort
pour briser la dureté de leur
cœur, & ausquels il ne suffit
pas pour se rendre, ny d'estre
instruits, ny d'auoir esté ama-
doüez. Car que seruent ces
deux choses à vn homme qui
confesse qu'on dit vray, &
qu'on le dit d'vn fort bel air,

mais qui ne donne pas pourtant les mains à la perſuaſion (pour ſe rendre) qui eſt la ſeule fin, à laquelle viſent comme à leur blanc tous les traits du raiſonnemēt. C'eſt là le grand coup qui rend l'Eloquence victorieuſe. Et il eſt tres euident que quand on parle d'vn ſujet, qu'il ſuffit d'entendre ou de croire: eſtre perſuadé, c'eſt auoüer qu'il eſt veritable. La perfection de l'Eloquence conſiſtant à faire entrer des veritez dans l'eſprit humain, & les y rendre maiſtreſſes abſoluës de toutes les affections, ſoit par amour, ſoit par plaiſir, ſoit à viue force de perſuaſion.

Or

Or celuy là qui est eloquent ;
ayant acquis l'estude des preceptes, l'exercice & l'imitation,
possede vne connoissance des
choses tout à fait generale, suiuant le dire de Platon, qui tient
pour homme eloquent celuy
qui est bien versé dans la connoissance, ou intelligence du
sujet qu'il traite. Ceux qui disent ce qui suffit, passent pour
bien disans : mais l'abondance
& la richesse des ornemens
font la parfaite Eloquence: Sa
principale force est au style ve-
hement, qui par son poids &
sa grauité fait souuent fermer
la bouche, mais parler les yeux.
Car pour ce qui est du style

C

doux & delectable, il peut bien
se faire aymer, & les choses
qu'il loüe, comme aussi faire
hayr celles qu'il charge de blâme ; comme au style releué &
puissant en affections , tous
ceux qui en sont touchez, flechissent, & font ce qu'on veut:
& au style net, tous ceux qui
aprennēt , sont rendus sçauans
en ce qu'ils ignorent. D'où
s'ensuit que les effets du style
clair & puissant sont les plus
necessaires à celuy, qui veut
parler sagement & eloquem-
ment. Quant à l'agreable , s'il
aide les deux autres, c'est tout,
n'estant que pour le seul plaisir. Mais la fin de l'Orateur

étant de perſuader, celuy qui
parle nettement, perſuade qu'il
dit vray ; & celuy qui parle
puiſſamment, perſuade qu'on
face ce qu'il dit, & ce qu'on
ſçauoit déja, bien qu'on n'en
fit rien. Celuy qui parle agreablement, perſuade qu'il dit ele-
gamment & flatte l'oreille de
plaiſir. Concluons donc que
celuy là ſera vrayement eloquent en doctrine & en ſtyle,
qui fournira des paroles claires
& ſuffiſantes à ſe faire entendre, quand il aura beſoin du
langage net, qui en fournira
d'agreables, quand il faudra
parler d'vn ſtyle doux, & qui
finalement en fournira de

puiſſantes, quãd il faudra qu'il
employe le ſtyle haut & paf-
ſionné : mais que ce ſoit toujours à l'auantage de la verité,
pour la vertu & contre le
vice.

CHAPITRE VI.

Des ſtyles qu'on doit euiter: &
quels s'obſeruent dans toutes
les diuerſes ſortes de Let-
tres.

LEs Lettres ont tout au-
tant de ſortes de ſtyles,
qu'il ſe preſente d'affaires diuerſes & de circonſtances. Il
faut que le ſujet que vous trai-

tez, vous conduife & vous ferue de regle. On euitera fur tout
le ftyle enflé & bouffy de
mots monftrueux, metapho-
riques, ou fi vieux, que l'vfage
les a abolis. Celuy des Efcho-
liers que quelques·vns nom-
ment vn ftyle malade fans liai-
fon, qui n'eft autre chofe qu'v-
ne fuite & imitation, & vne
ombre des preceptes, a toujours paffé pour deffectueux.
On fuit en fin le ftyle bas &
rampant.

Seneque met vn ftyle dont
la compofition n'eft que de
Mufique, tant elle eft douce,
coulante & flateufe : c'eft le
vray ftyle de la Cour, aüffi

bien que du Siecle, & que les
hommes ne deuroient point
receuoir; puis qu'il renuerſe &
cōfond toutes les marques de
l'amitié & de la ſocieté Ciuile
par ſes charmes trompeurs qui
en empeſchent le diſcerne-
ment.

Mais c'eſt aſſez parlé des
defauts du ſtyle. Venons aux
choſes plus eſſentielles & à
l'autre partie.

Ie dis auec Ciceron, que s'il
s'agit de choſes grandes & releuées, noſtre Lettre doit eſtre
graue & remplie d'ornemens,
comme luy-meſme l'a tres-
bien pratiqué, eſcriuant à ſon
frere Quintus & à Brutus.

Si des familieres, ou des pe-
tites, le langage doit eſtre clair
& net ; ſi enfin il eſt queſtion
des mediocres, il doit eſtre
temperé de douceur & de vehemence.

La raillerie doit eſtre mé-
lée de pointes agreables, mais
ſans beaucoup d'artifice. L'exhortation doit eſtre forte &
animée. Que la Conſolation
ſoit douce & amiable, quelquesfois vn peu ſeuere &
graue.

La demande, & la priere ſe
font auec vne honeſte pudeur
& modeſtie, ou vne honte
bien-ſeante : quelquefois elles
veulent vn grand diſcours auſ-

fi bien que la plainte. Si vous
eſcriuez à vn Sçauant, il faut
qu'elle ſoit bien trauaillée,
& pleine d'artifice. Laconique, & Succinct é, à vn homme d'affaires, Meſlée de vieux
mots; ſi vous eſcriuez à quelque ancien Gaulois : Affectée
ſi a vn ambitieux: on ſe licen-
cie auec vn intime.

Voila ce me ſemble la ma-
niere auec laquelle nous deuons traiter tous les ſujets que
nous auons à choiſir, qui doiuent eſtre auſſi differens que
les perſonnes à qui nous deuons eſcrire : Il faut auoir bien
peu de iugement pour ne pas
connoiſtre quels ſujets meri-

tent vn ftyle excellent, & quels
en demandent vn mediocre;
Et pour ne pas voir quand il
eft bien feant de releuer, ou de
rabaiffer fon ftyle felon la diuerfité des chofes que l'on deduit.

Le plus expedient eft de faire de fa plume, ce que faifoit
Protée de fa perfonne, la chan-
geant en toutes les formes poffibles, & la diuerfifier felon la
neceffité du fujet, & la qualité
de la perfonne, &c.

CHAPITRE VII.

De l'Inuention des raisons, & des preuues.

LEs obiets, qui ont force d'émouuoir les esprits des hommes, sont le plaisir, l'vtilité, l'honesteté, le necessaire, l'asseuré, le facile, & le possible. Le Plaisir, c'est à dire le Delectable, ou l'Agreable, regarde les biens du corps, & tout ce qui est suiuy plustost pour le contentement que pour aucun profit qu'on en retire, & quelquefois aussi l'honesteté de l'esprit & du corps. L'Vtile

est ce qu'on desire, non point
pour soi, mais pour le fruit & la
commodité qui en reuient: car
l'vtilité ne consiste qu'à acquerir & conseruer des biens, en
euiter la perte, & tout ce qui
est contraire à cela.

L'Honeste, qui a pour ob-
jet les Vertus, est loüable &
desirable de sa nature. On range sous l'honesteté les biens de
l'esprit, tant naturels, comme
sont vn iugement bien sain, v-
ne bonne volonté, & les autres semblables; que ceux qui
sont acquis, comme les Vertus en l'homme, les Sciences, & tout ce qui est à desirer
pour sa bonté, tant par les Loix

Sacrées, que par les exemples des Profanes.

Le neceffaire eft ce qui ne fe peut faire autrement, ou du moins ne fe peut euiter commodément.

L'affeuré confifte à fe conferuer, & foy, & les fiens.

Le facile qui fe fait fans peine, & en fort peu de temps.

Le poffible confifte en l'execution, ou en la faculté d'effectuer.

Les Raifons fe prennent par la comparaifon du moins au plus, du plus au moins, ou par la comparaifon faite entre chofes egales, ou inegales, & en fin par tous les lieux de la

Topique. Par exemple : Ie dis
qu'il faut euiter toute forte de
pechez , & ce qui foüille la
beauté de noftre Ame. Ie tire
ma raifon de la perfonne, difant qu'il eft tres-feant à vn
Chreftien, qui ayant receu le
Baptefme , fait Profeffion de
cela, en efperant vn iour de
ioüyr de la Beatitude. Ie confirme ma raifon par vn exemple, & ie dis que nos Majeurs
ont cherché pour ce fujet les
deferts , & la folitude ; ont
veillé , ieufné & tourmenté
leurs corps pour reprimer leur
fenfualité, paffans les iours &
les nuicts en prieres conti-
nuelles. *A minori :* fi l'on

craint vne tâche fur fon vifage, combien plus fur fon A-
me qui nous priue de l'Eternité, & qui eft le Chreftien
qui la pourra fouffrir? Par les
contraires: Si la plufpart des
hommes font induftrieux au
mal, qui ne fçauroit tourner
qu'à leur ruine & à leur honte : Nous monftrerons-nous
pareffeux à fuiure la Vertu,
qui nous rend Heureux, &
nous acquiert enfin l'Immortalité.

CHAPITRE VIII.

Des lieux d'où l'on puise les raisons & les pensées.

QViconque entrepréd de composer vn Discours, est obligé auant que de mettre en ordre les pensées dont il le veut remplir, de se proposer vn but auquel il doit rapporter tout ce qu'il dira. Encore n'est-ce pas assez de se proposer vn but en general, si l'on ne prend quelque proposition particuliere sur ce sujet, ou à verifier, ou à refuter, autrement l'on ne fera rien qu'auec confu-

fion. Et il y aura toufiours
beaucoup plus d'extrauagan-
ce que de raifon. Or l'Orateur
doit auoir vne parfaite connoiſſance du fujet qu'il a en
main, pour en parler comme il
faut, & auec vn bel ordre,
liant les penſées les vnes auec
les autres pour tendre à vne
meſme fin. Cela ſuppoſé, il
faut ſçauoir que les penſées
dont l'Orateur peut remplir
le Diſcours qu'il veut faire ſur
vn ſujet, ſont de deux ſortes :
les vnes ſont neceſſaires à en
donner l'intelligence, & les autres ne ſeruent qu'à eſclaircir
ou orner le diſcours qui en eſt
fait. Les premieres ſont la de-
finitinon,

finition, qui par aprés doit étre
enrichie de la seconde espece
des pensées, qui seruent à l'ornement.

Car l'on ne dira rien qui vail-
le, si l'on ne donne pour fondement la connoissance de l'e-
stre d'vn sujet, & de tout ce qui
le concerne, le denombre-
ment de ses parties, de ses pro-
prietez, & des accidens qui luy
conuiennent ; & la suitte des
raisōs qui sont propres à prouuer ce que l'on pretend. On
peut donc embellir vn discours de huict sortes, de Pensées, de Sentences, de Com-
paraisons, de Fables, d'Histoi-
res, de Prouerbes, d'Hiero-

D

glyphes, d'Emblefmes ; & des
tefmoignages des Auteurs qui
font en quelque creance, fans
y obmettre l'ornement des
plus belles Figures. Car il n'y
a pas vn de ces lieux qui ne
puiffe entrer dans vne Lettre,
pourueu que ce foit à propos
du fujet dont on parle. Par
exemple : Si ie voulois confo-
ler vn Philofophe affligé , ic
luy pourrois apporter cet A-
pophthegme de Socrate, qui
preft d'aualer le poifon , & fa
femme luy criant qu'il mou-
roit innocent, ne luy refpon-
dit autre chofe , finon qu'elle
deuoit fouhaiter qu'il mouruft
en cet eftat glorieux d'inno-

cence. Ie pourrois adiouster
qu'estant Chrestien comme
il est, & releué au dessus
du commun, il luy est aisé de
supporter cette infortune, qui
peut donner vn grand esclat
à sa Vertu.

Ie passe à l'Apologue qui peut
auoir place aussi dans vne Lettre ; ainsi me voulant rire de
certains Censeurs de belles
pensées, qui n'estans pas assez
heureux à les trouuer, se mé-
lent de les Censurer ; Ie dirois
qu'ils ressemblent au Renard
de la Fable, qui dit que les rai-
sins ne sont pas meurs, à
cause qu'il n'en peut auoir.
On peut à peu pres se seruir

auec la mesme addresse de
toutes les autres Figures, ou
diuers lieux, pourueu que ce
soit auec iugement qu'on le
fasse.

CHAPITRE IX.

De l'Exorde des Lettres.

CEux qui ont de l'esprit,
ayans à composer vn Dis-
cours important, ne se contentent pas d'en bien considerer le sujet, & de l'examiner
meurement; mais encore le di-
uisent en certains poincts, ou
parties, & puis cherchent des
raisons, & des argumens dans

les sources de tous les lieux
qui font pour eux, & qui leur
fourniffent affez de matiere
pour difcourir auec plaifir.
Apres ces confiderations, on
vient à l'Exorde, qui eftant
fait pour propofer le fujet
d'vn Difcours, & pour difpo-
fer agreablement le Lecteur,
doit eftre compofé de telle
forte en quelque genre que
nous efcriuions, qu'il produife
ces deux effets. Tout le refte
de l'artifice n'eft que pour
l'ornement, & que pour la
pompe. Il faut donc, pour
exceller, qu'il ait vne iufte
mefure, qu'il ne foit ny trop
long ny trop court, mais pro-

D iij

portionné à la chofe; qu'il foit
tiré des principes du fujet dont
il s'agit , qu'il flatte l'oreille, & ferue de fondement à
bien conceuoir le refte duDif-
cours. Quelqu'vn me pour-
roit dire que les Lettres nous
donnent la liberté de commencer par où bon nous femble. Ie l'auoüe, pouruue que
l'Exorde foit fait en telle forte, qu'il prepare celuy à qui
vous efcriuez , qu'il luy faffe
coprendre la chofe,& le porte
à faire ce que vous luy deman-
dez. On le tire, ou des perfonnes, ou de la chofe mefme,
pour pouuoir gaigner leur
bien-veillance. L'on gaigne &

acquiert la faueur, ou l'amitié
des perſonnes, parlant de celle
de nos parens, ou de la noſtre,
s'il y en a; des ſeruices rendus
mutuellement, de la frequen-
tation, des deuoirs, des exercices, ſouſmiſſions, &c. rendus
ou par nous, ou par nos an-
ceſtres. Diſans qu'il nous ont
laiſſé cela par ſucceſſion ou
heritage,& que nous n'en voulons rien diminuer; que c'eſt
vn nœud que nous entrete-
nons indiſſoluble, & que cét
amour que nous auons ſuccé
auec le laiɛ̆t, s'eſt accreü auec
nos années; que bien qu'il ſe
fit pour lors pluſtoſt par hazard, que par election & par

iugement:toutesfois il s'eſt tellement affermy maintenant
par la conuerſation , reſſem-
blance d'humeurs, & par vne
infinité de bien-faits receus,
qu'il n'y a rien qui la puiſſe
rompre ny diſſoudre,que nous
ſommes tout preſts de l'en aſ-
ſeurer dans les occaſions , que
noſtre amitié n'eſt pas de celles qui ont cours auiourd'huy
dans le monde , qui n'eſtans
fondées que ſur la volupté,ou
ſur le profit , c'eſt pour cela
qu'elles ſont changeantes &
eſclaues du temps,& de la fortune. Mais que nous n'auons
iamais aymé que ſa vertu & les
ſeuls biens de ſon eſprit. Que ſi

cette eftroite alliance ne s'eft
point rencontrée parmy nos
Peres ; nous dirons que ceux-
là ont de couftume d'auancer
l'amitié de leurs parens,& s'en
glorifier,qui n'en ont point du
tout pour leurs fucçeffeurs, &
qu'ils reffemblēt à ces poltrons
qui parlent des hauts faits de
leurs Anceftres , & cependant
ils ne font rien de memorable
ny qui foit digne de gloire.On
pourra dire que fi noftre amitié ne tire pas fon origine de
nos predeceffeurs , elle eft née
auec nous & de noftre propre
volonté, tant par la conformi-
té de fes mœurs, lieux & eftudes,dont on pourra luy renou-

ueller le fouuenir, que par les
voyages & perils qu'on aura
encouru enfemble , tous lefquels on pourra raconter, s'il
eft à propos ; mais auec grace
& par vne Narration agreable;afin qu'il s'en puiffe reffou-
uenir; parce qu'eftans deuenus
grands , nous prenons quelque forte de plaifir a oüyr raconter femblables chofes, &
quelquefois on en conferue la
memoire iufques à vne extreme vieilleffe, auec contentement, fur tout quand les circonftances nous en font auan-
tageufes.

Il eft quelquefois bon de
commcēer par l'exaggeration

des merites, ou des bien-faits
de la perfonne à qui nous efcriuons, luy tefmoignant toute
forte de reconnoiffance.

On peut auffi commencer
par fes vertus, ou fciences, &
par tout ce qui nous pourra
acquerir fa bien-veillance,
loüant toutes fes raretez, auffi
bien que la perfonne en qui
elles fe rencontrent. Si l'on
parle de foy , on peut mettre
en auant fes vertus & fes bien-
faits, pourueu que ce foit fans
arrogance & auec modeftie :
on peut toucher quelque chofe de noftre propre merite, ou
des honeurs qui nous rendent
recommandables, fur tout de

la liberalité & promptitude à
faire plaifir, ou rendre la iuftice, donnant des tefmoignages
de l'affection que nous auons
toufiours portée à ceux qui
nous aiment : qu'il eft le plus
agreable obiet de nos entretiens; que nous prenons vn fin-
gulier plaifir à voir de fes Lettres; que fa fortune eft la noftre ; enfin luy efcrire tout ce
qui luy peut apporter de la
ioye & de l'honeur.

Si nous parlons de nos aduerfaires , nous en preuiendrõs
la faueur , faifans recit des iniures & des menaces que nous
auons enduré de ceux qui nous
hayffent , à caufe qu'il nous

ayme, décriuant leur malice,
leurs rufes, & deftours, leurs
fouhaits pernicieux, &c. pour
luy donner fujet d'en prendre
vne iufte deffiance ; en fin ef-
mouuoir la volonté diuerfe-
ment par des promeffes, & par
des efperances qu'on fera voir
prefque toutes affeurées.

Nous acquerons auffi la
bien-veillance par la Compaf-
fion, & l'excitons en autruy,
expofant noftre incommodi-
té, ou les miferes de la perfonne dont nous parlons en faifant vne viue defcription, ou
bien de la chofe: mais auec des
termes de pitié, & qui tirent
des larmes. Il faut en vn mot,

que tout le Difcours foit pro-
portionné au fuiet que l'on
traite.

Nous gaignons la bien-
veillance par les chofes, &pre-
parons l'efprit & l'attention
des perfonnes, en les affeurant
que celles que nous leur efcriuons, ne nous touchent qu'entant qu'elles le regardent, &
que leur intereft nous eft auffi
fenfible que le noftre.

On peut vfer de priere le
coniurant de lire auec attention & à loifir, ce que nous luy
efcriuons; que s'il en medite
la teneur, & confidere meurement la chofe, il la trouuera
tres-importante. En fin qu'on

ne la luy auroit pas découuer-
te, si on ne l'eust iugée tres-
auantageuse, ainsi qu'il pourra reconnoistre auec le temps.

.On le peut exciter aussi par
la grandeur, ou l'importance
de l'affaire, à laquelle on le fera pancher, si on luy en represente le peril, la nouueauté, ou
l'antiquité : si on luy en fait
toucher l'vtilité, le plaisir, l'honesteté, & la necessité, bien
que ces choses soient plustost
pour gaigner l'attention, &
rendre le lecteur docile. Que
si la chose semble difficile, on
l'adoucira par l'insinuation, le
conjurant de prêdre en bonne
part tout nostre discours ; que

nous en appellōs à sa prudēce, qui luy fera voir que la chose n'est pas telle qu'elle luy a paru d'abord. Que s'il la iuge fâcheuse & malaisée, on dira que l'vtilité en adoucira toute l'amertume.

On prend bien souuent vn milieu dans ces Exordes dissimulant l'affaire, ou la colorant le mieux que l'on peut.

Pour l'ordinaire on s'y porte selon l'occurrence des choses. Si nous doutons de l'amitié de celuy à qui nous escriuons, il en faut leuer ce soupçon & tous les ombrages, taschant par tous moyens de gaigner sa bien-veillance.

Dela

CHAPITRE X.

De la diuersité des Exordes.

IL y a presque tout autant de manieres de commencer vn Discours que l'esprit de l'homme a d'inuentions pour en bien vser. On les peut reduire toutefois aux especes qui suiuent, qui sont les principales, & les plus en vsage.

La premiere est, lors que l'on commence par la nuë & simple proposition de son dessein, sans autre artifice. La seconde, par quelques-vnes des circonstances, comme par celle du

E

temps, des perſonnes, du lieu, des bruits, de la nouueauté & des motifs que l'on a d'eſcrire, mais auec prudence & diſcre-tion.

Ciceron a commencé des Harangues par de ſimples prieres qu'il faiſoit à ſes Au-diteurs de ſe rendre attentifs pour oüyr des choſes, qui leur étoient importantes &au bien public

Dautrefois il entroit d'abord en matiere & bruſquement, ſurprenant l'eſprit de ſes Au-diteurs par quelqueInterroga-tion, Admiration, Diſgreſſion, ou par quelque ſouhait, ou ge-neralement par quelque pro-

pofition qui auoit de la pointe. Et certes,il faut auoüer que
cétExorde,n'eſt pas des moins
agreables , ſur tout dans la Satyre,dans les Railleries,&dans
les Diſcours familiers ; car le
le langage eſt tellement animé, qu'il ſemble que ce ſoit la
viue Voix.

Celuy, qui eſt le plus eſtimé
de tous, eſt pris de la nature du
Genre, & des Principes du ſujet, que l'on traite , tant parce
qu'il eſt propre de luy-meſme,
à faire entrer dans le ſujet que
l'on a pris, ſans que l'on ſoit en
peine d'en chercher la porte ,
comme il arriue ſouuent ; que
pource qu'il ſert de preuue

E ij

fondamentale, au reſte du diſcours ; outre que ceſte façon
eſt la plus ordinaire, & la plus
receuable.

Outre cette eſpece de commencement , il y en a encore
pluſieurs autres : car on peut
faire l'entrée d'vn diſcours, par
vn Exemple choiſi, par vn Em-
bleſme rare, par quelque Apo-
phthegme, par des graues Sentences, ou par quelque fait Memorable, quelquefois par vn
trait Gaillard, où par quelque
autre des penſées qui ſeruent à
l'ornement, & enfin par tous
les lieux tant de la Rhetorique
que de la Topique.

Que ſi vous entreprenez de

loüer quelqu'vn, ou quelque action extraordinaire ; il eſt à propos que le Proëme ſoit floriſſant, ou coulant, & qu'il ait de la gentilleſſe dans les pẽſées & dans les paroles, qu'on y remarque de temps en temps quelque pointe d'eſprit , ou quelque belle penſée ; Si au contraire vous voulez blaſmer quelque impie , ou quelque crime atroce , vous pouuez commencer voſtre diſcours par quelque choſe inopinée , ſelon les diuerſes circonſtances , comme ſeroit par quelque Inuectiue, ou Inuocation de la Diuinité , ou par quelque autre Figure.

E iij

Quelquefois il est bon de commencer par l'atrocité mé-me de l'action, du crime, ou du vice, vous excusant sur son enormité mesme qui vous a choqué bien fort l'imagina-tion.

Si vous donnez vostre ad-uis sur quelque affaire d'im-portance, il faut que l'entrée de vostre discours soit graue& succincte, pleine de Sentēces à l'imitation de Seneque : elle se peut tirer aussi du merite des persōnes, ou de la chose qu'on delibere: le iugement & la pru-dence reglent tout cela. Cette mesme briefueté se doit obser-uer aussi dans les entretiens fa-

miliers : car puisque l'on sçait
déja le sujet dont il est question , ou qui est beau de soy
mesme, qu'est-il besoin de faire de longues harangues, &
briguer l'attention qui ne se
doit rechercher , sinon quand
vostre affaire est negligée?

Que s'il est question d'accuser, ou deffendre quelqu'vn;
il ne faut pas se seruir d'vn E-
xorde trop ennuyeux, mais entrer incontinent en matiere
par vn artifice secret pour s'in-
sinuer adroitement dans l'esprit de ceux que vous entre-
tenez. Mais si ceux à qui nous
escriuons, sont déja preuenus
de quelque passion , ou opi-

nion contraire à celle que
nous leur voulons imprimer
dans l'ame ; il eſt auſſi bon de
donner vn peu plus d'étenduë
à ſon Exorde. Car en ceſte
rencontre, il eſt à propos auant
qu'entrer en matiere, de les reduire à la raiſon, de ſuſpendre
leur iugement, & leuer la mauuaiſe impreſſion qu'ils ont priſe, & de combattre l'erreur ;
autrement vous ne ferez rien,
ſi vous n'en chaſſez ce venin,
c'eſt à dire pour conclurre en
peu de mots, que dés la premiere entrée, il faut gaigner les
volontez des perſonnes, leur
faiſant paroiſtre l'eſperance
qu'on a conceuë de leur de-

uoir, de leur vertu, ou de leur
courage, & enfuite, toucher
l'affaire, la mettre en auant,
& montrer la facilité de l'entreprife, des raifons honeftes,
autorifées d'Exemples.

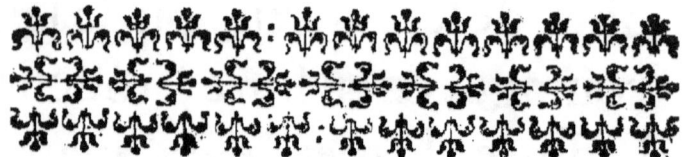

PREMIERE
PARTIE.

CHAPITRE PREMIER.

Comme toutes les Lettres que l'on fait, aussi bien que tous les Discours se peuvent reduire à trois Chefs.

TOVS les Maistres de l'Eloquence nous asseurent que tous les Discours que l'on fait, se peu-

uent rapporter à trois genres,
& qu'il y a comme trois fources de tout ce qui peut tomber
en matiere , dequoy se peut
former vne Lettre. La premiere qui a pour but & pour fin le
contentement & le plaisir des
escoutans, se diuise en deux
parties , à sçauoir la loüange
ou le blasme , tant des personnes que des actions : car on ne
fait aucun discours qu'on ne
vienne à tomber sur la loüange , ou sur le mespris de quelque personne, de quelque a-
ction , ou de quelque autre
chose que ce soit. Elle s'occu-
pe sur tout à loüer les actes
vertueux , & à blâmer ceux

qui inclinent au vice.

La deuxiefme eft en delibe-
rant ce qu'il faut faire , ou entreprendre , & eft faite pour
donner aduis en quelque rencontre ou en quelque affaire.

La troifiefme fert en accu-
fant , ou defendant quelque
perfonne, ou quelque action,
bien que tous les trois fe mef-
lent auec iugement, & chacun
vient au fecours de fon compagnon , comme les deux
mains & les deux yeux en l'a-
nimal. Il n'y a donc en vn mot
que ces trois genres , aufquels
tous les autres & toutes les
Lettres fe rapportent, ou directement, ou indirectement.

CHAPITRE II.

De la Matiere des Lettres.

COmme la Rhetorique n'a aucune matiere bornée, & peut difcourir de toutes fortes de chofes ; auffi le Secretaire peut efcrire de toute forte d'affaires. Tout ce qui peut tomber dans le difcours & fous la raifon, eft l'obiet des Lettres : & il n'y a rien au Ciel, fur la terre, ny dans la mer, qui ne foit de la Iurifdiction des Lettres. Tout le fecret confifte à bien diuifer les chofes, dont les vnes nous touchent, ou la perfonne à qui

nous écriuons ; Les autres ré-
gardent toutes les deux enfemble ; ou celles d'autruy.
De plus, on les diuife en cor-
porelles, fpirituelles, & de fortune, ainfi que nous dirons en
fon lieu.

CHAPITRE III.

Du Genre Demonftratif, & quelles Lettres y con-uiennent.

TOutes les parties de l'E-
loquence, ont vn fi beau
raport entr'elles, qu'il eft mal-
aifé d'en aproprier aucune tel-
lemét à quelque piece, quelle

ne puiſſe auoir lieu en vne autre d'eſpece differente. Elles
ſont ſemblables aux accords
d'vn Luth, dont le meſme ſe
trouuera pluſieurs fois en des
airs tout à fait differēs. Neantmoins il faut auoüer que l'E-
loquence , bien qu'elle ſoit
touſiours vne, a des particularitez, qui ſemblent plus propres à vn ſujet, qu'à vn autre.
Il eſt donc tres-important de
bien connoiſtre le poinct que
vous traitez: car bien qu'il y
ait des conditions qui ſont
communes à tous les genres
d'eſcrire; ſi en faut-il obſeruer
de particulieres. Et il eſt veritable que chaque eſpece de

difcours a des loix particulieres pour toutes les parties qui
le compofent, auffi bien que
pour les trois principaux genres, qui font les fondemens de
tout ce qui peut tomber en
matiere.

N'eft-il pas vray qu'v-
ne Lettre bien ornée, à
quelque genre qu'elle appar-
tienne, doit eftre enrichie de
fes raifons, & embellie de fes
ornemens ? Et comment fe
traitent les Raifons que par les
Enthymemes, par les Syllogif-
mes, par les Exemples, par les
Inductions, & par toute forte de preuues ? C'eft donc en
cela que confifte la force vni-
uer-

uerſelle & commune aux
trois genres de l'Eloquence,
quoy que plus propre au Demonſtratif, qu'à aucun des autres genres.

C'eſt le plus vniuerſel, le plus
vague, & le plus ordinaire de
tous les genres ; puis qu'il a
pour obiet tout ce qui eſt au
monde, tant les vertus, comme les vices, qui ſont les deux
principes de la loüange & du
blaſme : c'eſt pourquoy la fin
de l'vn eſt l'honeſteté, comme
celle de l'autre, eſt l'Infamie.
Toute la force donc de la
loüange & du blaſme ſe prend
de toutes les parties des vertus
ou des vices : & l'on y peut fai-

F

re entrer tous les plus beaux ornemens du langage, pour loüer ou pour blafmer. Pour donc connoiftre fi le poinct que vous auez à traiter, eft enfermé dans ce genre, ou s'il fe doit rapporter à vn autre; il en faut premierement confiderer la fin, laquelle comme nous auons déja dit, eft la louange de l'honefteté, ou le blafme de quelque fujet vicieux : on le reconnoit auffi par la paffion & l'humeur dãs laquelle on veut pouffer fon Auditeur, qui eft le plaifir, ou le contentement d'efprit : car on n'efcrit que pour agréer au Lecteur.

Les lieux d'où fe tire la

loüange, sont l'Honesteté, le Plaisir, le Profit, la Facilité, l'Equité, la Pieté, l'Vtilité, & en vn mot tout ce qui est fondé sur la raison : ce qui se doit traiter par toutes les circonstances des personnes, des temps, & du lieu, &c.

Quant aux paroles, les termes du discours doiuent estre beaux & releuez, florissans & comme vn beau paysage.

Ses plus propres Figures sont l'Antithese & la Distribution, &c.

C'est principalement de ce genre que naissent la pluspart de toutes les belles Lettres, comme sont celles de Condo-

F ij

leance ou de Confolation ,
de Conioüyffance, de Conci-
liation, ou de loüange.

Toutes les Defcriptions
des perfonnes, des lieux, & de
toutes les chofes , qui ne peuuent tomber commodément ,
fous les deux autres genres ; la
Lettre Dedicatoire, les Lettres meflées, les Eftreines, les
Nouuelles ou l'Hiftoire , la
Raillerie , la Recommandation, & les Remercimens, les
offres de feruice , &c. de toutes lefquelles nous traiterons
à fond, fuiuant noftre promeffe, faifans vn abregé de tous
les preceptes qu'on fçauroit
donner fur chacune en parti-

culier, & touchant seulement
ce qui sera le plus necessaire,
pour en donner l'intelligence,
& en montrer l'inuention.

CHAPITRE IV.

Des preceptes de la Lettre de
Consolation , ou Condo-
leance.

SEneque nous asseure que
tout le cours de nostre vie,
n'est qu'vn supplice , & vn ge-
missement perpetuel ; mais
Dieu nous a donné la Consolation pour en adoucir les a-
mertumes. Et il est vray que
parmy les aides que l'eloquen-

F iij

ce nous fournit , celle-cy ne
tient pas le dernier lieu. Il n'y
a perte si fascheuse, ny calami-
té si funeste que la consolation
d'vn amy ne nous rende supportable: c'est vn des plus pre-
cieux thresors du monde.
Quelle aduersité ne seroit in-
supportable & quelle fortune
ne seroit fascheuse sans nos
amis? Ils ne sont pas moins necessaires que les elemens du
feu & de l'eau. Et c'est en cette rencontre qu'on les esprou-
ue aussi bien qu'en la prosperité.

Le grand secret de bien traiter la Côsolation, est de s'insi-
nuer. Premierement dans l'es-

prit des affligez, flatant leur
paſſion d'abord,ſans faire ſem-
blant de la vouloir combatre,
accordant quelque choſe par
complaiſance au premier effort de la douleur, pour les en
retirer inſenſiblement ; ou s'ils
ne peuuent quitter de penſée
leurs afflictions, leur remon-
ſtrer que chacun eſt ſujet aux
Loix de la nature,qui ne reçoiuent ny diſpenſe ny priuilege :
on ſe peut aſſez eſtendre ſur les
infortunes ordinaires de cette
vie.

En ſecond lieu que la mort
eſt vn port aſſeuré , qui rend
l'homme à ſa vraye patrie,où il
a toutes ſortes de contente-

ment, en partage; que les biens
& la vie mesme qu'il possedoit
ne luy estoient que prêtez; que
quand il plaist à la Prouidence
de les oster à qui que ce soit, il
ne faut pas auoir le moindre
soupçon d'iniustice; Que le
change est bien agreable &
auantageux d'vn poinct de vie
à vne Eternité bien-heureuse:
que c'est chose non seulement
inutile, mais honteuse à vn
Chrestien, de vouloir comme
rapeller en vie celuy qui a fait
vne belle fin, pour luy faire sē-
tir les aigreurs d'icy bas, apres
les incomparables delices du
Ciel; ou si l'on n'a pas cette
pensée, c'est faire tort à sa me-

moire de pleurer fans relafche,
comme fi on croyoit que fa
condition fut plus malheureu-
fe en l'autre vie, apportant les
Exemples de ceux qui ont porté courageufement la mort,
des perfonnes qui leur étoient
extrémement cheres, confide-
rant leurs beaux-faits, le merite de leurs actions, & du bon-
heur qu'ils auoient d'eftre hors
du danger de la corruption,
que l'inconftance des chofes humaines leur pouuoit
apporter. On peut encore par-
ticularifer ce fujet, louant le
deffunct par fes vertus, ou
actions, par la maniere de fa
mort, par fes dernieres paro-

les , & par les enfans qu'il a
laiſſez ou autres conſiderations dont on louë l'homme.

On employe toutes les raiſons imaginables pour diuertir ſa triſteſſe. Il y en a qui ſe
contentent de faire voir que la
mort n'eſt pas vn mal : dautres
que ce n'eſt pas vn grand mal.
Les vns que ç'eſt vn bien , &
qu'ils ne luy eſt rien arriué
d'extraordinaire : les autres
l'exhortent   puiſſamment à
ſupporter auec conſtance toute la mauuaiſe fortune ; veu la
qualité de ſa perſonue, & ne ſe
laiſſer pas aller à des choſes qui
puiſſent ternir ſa ſageſſe ou la
grandeur de ſon courage ; que

la Philofophie & tous les beaux Arts dans lefquels il a toufiours excellé, & mefme fa vie paffée n'exige pas ces chofes de luy; que le feul vice & l'infamie font des fujets dignes de nos larmes.

Qu'il n'eft pas feant d'attendre du temps la medecine que la raifon nous prefente; qu'il faut obeir aux arrefts de la Diuinité, qui bien fouuent change toutes nos afflictions en des plaifirs extremes. Il y a certains efprits fuperbes qui s'effrayent de nos confolations, ou qui les mefprifent. On doit employer beaucoup d'artifice à ces fortes de perfonnes, auffi

biẽ qu'aux releuées. On pourra dire qu'on n'oseroit prendre la hardiesse de les consoler ; dautant que leur vertu,
leur sagesse, & la grandeur de
leur courage nous est trop
connuës; que leur constance
est vn rocher, ou tous les mal-
heurs de la fortune se viennẽt
rõpre; que nous luy escriuons
plustost pour nous conjouyr
de sa vertu & de son courage,
que pour alleger sa douleur.
En fin que si nous sommes
forcez à nous plaindre deuant
luy des outrages de la Fortune, nous le sommes beaucoup
plus à nous réjouir de sa constance.

Il faut prendre garde de ne reſſembler pas à certains conſolateurs ſi ſerieux, & ſi importuns, qu'ils redoublent les afflictions, en voulant conſoler : on éuitera auſſi le commandement.

Quelquesfois on peut commencer par les meſmes raiſons dont noſtre amy nous aura conſolé autresfois, luy diſant qu'il luy ſeroit honteux de ne pouuoir pas executer les enſeignemens qu'il donne aux autres. Que s'il eſt inſenſible à ces perſuaſions, il faut taſcher par prieres de moderer ſes pleurs, que tous ſes amis l'en conjurent ; en fin qu'il ne faſ-

fe que ce que la raifon & fa
prudence luy dicteront. On
luy témoignera le plaifir que
nous apportera la perte de fon
mal. Que fi nos raifons luy
femblent inutiles, ce nous eft
affez de luy auoir monftré l'a-
mitié qu'on luy porte,& le déplaifir qu'on reflent de cét accident. On excufe par fois la
brieueté d'vne Lettre , afin
que celuy a qui on l'adreffe,ne
fe perfuade qu'on fe defie de
fa prudence; ou bien qu'vne
trop longue ne l'ennuyaft.On
conclud par vne exhortation
à la patience , ou par vne promeffe de vanger l'injure qu'on
luy auroit faite; & en fin par

vn offre de feruice. Il faut que
les paroles qu'on employe,
foient fort douces, que les
Sentences foient graues, & les
Exemples choifis; afin que
l'efprit des affligez en foit touche plus viuement, l'Interro-
gation, l'Exclamation, l'Admiration, la Priere & l'Apo-
ftrophe y entrent de bonne
grace.

Les lieux & les circonftances qu'on doit confiderer, font
le bien de la mort: s'il eft mort
à la guerre, & comment, la
bonne confcience, l'Exemple,
la briefueté du mal, les preceptes de la Philofophie, la
Loy commune de la nature,

la Neceſſité de mourir, le duëil
de la Cité, la douleur des A-
mis, la Confuſion du temps,
la Condition des perſonnes, le
Sexe, le Bon, l'Vtile, & l'Honneſte, & pluſieurs autres remarques, qui fourniſſent aſſez
de matiere pour diſcourir d'vn
ſi ample ſujet; car le defaut
d'inuention ne vient que de
celuy de la ſcience.

EXEM-

EXEMPLE

De la Lettre de Confola-
lation.

MADEMOISELLE,

Si i'ay differé iufqu'à prefent
à vous tefmoigner la part que ie
prends en vos defplaifirs, ç'a efté
pour laiffer faire au temps le premier appareil de voftre playe :
& ie ne doute point que fa lon-
geur n'ait fait vne partie de l'office qu'on peut attendre d'vne
Lettre. Que fi quelques vns ont
preuenu mes reffentimés, pour le

G

moins ne m'ont ils pas furpaſſé
en leur grandeur. Ie tireray donc
cét auantage de ma Lettre ,
qu'elle ſera ſuiuie de quelque effet,eſperant que le tẽps vous aura diſpoſée à receuoir les remedes , qui n'euſſent pas eü lieu,lors
que la playe eſtoit encore trop recente. Ie viens apres la foule de
vos amis que i'ay laiſſé paſſer,
pour vous dire maintenant que
ie n'aurois plus d'excuſe ; ſi i'at-
tendois dauantage à vous faire
connoiſtre comme i'ay eſté touché
en la perte que i'ay faite de
Monſieur voſtre frere. Ie puis
dire auec verité, que ma premiere penſée a eſté de me repeſenter
le deſplaiſir que vous aporteroit

vn accident si deplorable : et
vous pouuez croire que ie suis si
facile à estre émeu en ce qui vous
regarde, qu'il ne vous sçauroit
arriuer de ioye, ny de desplaisir
qui ne me soit extremement sensible. Ce n'est pas pourtant que ie
me deffie de la force de vostre
esprit, ny que ie doiue rien pre-
sumer de celle du mien : mais ie
me suis figuré vostre douleur assez grande, pour croire que i'e-
stois obligé d'y contribuer quelque chose et d'aller souffrir auec
vous vn mal, qui nous est commun à tous deux. I'ay bien le
courage de supporter mes mal-
heurs ; mais ie ne sçaurois souffrir les vostres : aussi ne pensez

pas qu'eſtant affligé pour l'amour
de vous, i'entreprenne de vous
conſoler : la liberté de mon eſprit
eſt tellement en vos mains, qu'il
eſt contraint de ſuiure tous vos
mouuemens. Cette ſeule conſide-
ration a retardé mes deuoirs,
de peur que mes regrets ne re-
nouuellaſſent les voſtres, ou pluſtoſt que les voſtres ne me fiſſent
encores souſpirer : car tant que
vous souſpirerez, ie me plain-
dray, & ie ne puis ſeulement receuoir de conſolation, que ie ne
ſçache auparauant que vous
ſoyez conſolée. Mais ne dois-ie
pas m'eſtudier à rechercher quelque conſolation à voſtre dueil : &
puis-ie voir ſouffrir vne ſi gran-

de beauté sans larmes, & sans
la soulager d'vne parole? Ie n'ay
pas cette vanité de croire vous
pouuoir dire des raisons que
vous n'ayez preuenu de la pensée : & i'offenserois vostre constance, laquelle vous estes d'autant plus obligee de tesmoigner,
que vous estes consideree comme
quelque chose d'extraordinaire
parmy celle de vostre Sexe; aussi
bien que la merueille, & l'ornement de nostre Ville. Que si la
douleur vous obligeoit à faire
quelque chose indigne de ceste
haute estime, seroit-ce pas adiouster à cette perte, celle de la
plus belle & plus veritable reputation, dont on puisse recompen-

G iij

ser une eminente vertu comme
la vostre? Les Graces, qui vous
accompagnent, attirent sur vous
les yeux de tout le monde auec
admiration, & par un priuilege particulier vous font fleurir la
beauté de l'esprit & du corps a-
uec auantage. Toutefois MA-
DEMOISELLE, de peur
d'irriter vostre douleur; ie veux
vous accorder que c'est une fa-
cheuse separation que celle, qui
se fait par la mort : & que le
merite de Monsieur vostre frere
qui obligeoit tout le monde, aussi bien que son affection, qui
auoit particulierement assuietti
la mienne, le deuoient ce semble
exempter d'un trepas si prompt

ⓔ si precipité. Neantmoins ie
ne trouue pas que vous puißiez
vous imaginer qu'il soit mort,
ny autoriser vos regrets de ces
pretextes; puisque ses doctes escrits de la Philosophie, presen-
tez, à vn homme si considerable,
le feront viure eternellement en
la memoire d'vn chacun, ⓔ sur
tout en la mienne, qui les conserue comme des thresors de sa
liberalité, ⓔ où ie découure souuent des traits de son esprit.
C'est par eux aussi bien que par
sa mort glorieuse qu'il triomphe
du tombeau. Ie ne vous dis pas
que ce decez vous doit estre supportable pour les biens qu'il vous
apporte ; mais parce qu'il faut

obeïr aux arrests de la Prouidence. Ces choses estant ainsi, comme
à la verité on ne les sçauroit con-
tredire auec raison ; ie ne pense
pas , que si vous daignez vous
les representer quand vôtre ame
sera agitee de quelque trouble ,
vous ne trouuiez de quoy l'ap-
paiser.

　　Apres tout , c'est estre ennemy du repos d'vn homme que de
l'interrompre par des larmes.
Ne vous laissez point emporter
à la tristesse. Elle est inutile aux
morts , & dangereuse aux viuans. Son excez pourroit de-
struire insensiblement les deux
plus belles choses du monde , vostre humeur , & vostre beauté.

Pensez combien vous faites sou-
pirer de personnes auec moy, tan-
dis que vous pleurez pour vne
seule. Il se trouuera que vos larmes ne sont pas mesme agreables
à celuy pour qui vous les versez,
& que tout le monde en reçoit
du desplaisir. Vous ne deuez pas
pour l'amour d'vn frere, passer à
la haine de vous mesme.

Souuenez vous qu'il n'a iamais rien tant aymé que vostre
repos, & que pour luy agréer,
vous y deuez consentir. Rendez
cette complaisance au souuenir
de son amitié, aussi bien le temps
accompliroit son desir. Que si
tant est que les morts ayent quelque ressentiment de plaintes que

l'on fait à leur esgard, & que
mes larmes vous soient plus a-
greables que mes discours, ie
ioindray ma tristesse à la vostre,
offrant ma bouche, mes yeux, &
ma plume pour regretter, auec
vous le plus cher de mes amis.
Ma Muse n'est pas si sterile
qu'elle ne puisse ietter des fleurs
sur sa sepulture, si vous l'en iugeZ digne : ce que ie promets as-
seurement, si le dessein vous en
est agreable : & ce me sera vne
bien douce inspiration d'estre
animé par vos commandemens.
Cependant ie prieray Dieu qu'il
vous oste la memoire de tout ce
qui vous importune, & qu'il
vous l'augmente pour l'affection

de celuy, qui vous honore. Ie me
persuade que l'amitié que vous
auez euë à l'endroit du deffunct,
vous fera agréer ce tesmoignage
de reconnoissance, que i'ay tasché
de rendre à sa memoire. Et puis
qu'il me faisoit l'honeur de m'aimer, ie vous prie de me continuer
cette faueur pour luy, afin que
trouuant en vous la mesme affection qu'il a euë pour moy, ie
redouble mes respects enuers
vous en qualité de

VOSTRE,

CHAPITRE V.

Des Preceptes pour la Responfe.

LA Lettre nous enfeigne l'ordre qu'on doit tenir en la refponfe. On le remercie premierement du témoignage de fa bonne volonté, apres l'auoir entretenu du fruict de fa confolation, difant qu'elle nous a efté agreable : dautant que nous reconnoiffons la part qu'il prend en nos déplaifirs. On loüera en fuite fa lettre, & l'adreffe de fon efprit à fe bien feruir de tout ce qui

peut adoucir noſtre triſteſſe,
mariant heureuſement la ſolidité des raiſons & des penſées
auec la delicateſſe des paroles;
que ſon diſcours eſt profond,
& qu'il y a de la grauité en
ſon ſtyle. En fin qu'apres auoir
pluſieurs fois releu ſa lettre,
nous nous ſommes laiſſez emporter à la force de ſes raiſons,
auſquelles il eſt impoſſible de
reſiſter plus long-temps; que
nous y allons perdre noſtre triſteſſe; que ſon autorité, ſes conſeils , & l'admirable diſpoſi-
tion , dont il ſe ſert, & la beauté des Exemples, auec les Sentences des Philoſophes qu'il
apporte ſi à propos, & en abon-

dance, ont esbranlé nostre esprit ; que son amitié est trop obligeante, & son esprit trop excellent pour ne pas alleger nostre dueil ; que sa consolation ne nous est pas moins glorieuse, que ses plaintes; qu'il ne nous reste plus rien que la presence d'vn si parfait amy pour nous décharger entre ses mains de beaucoup de choses que nous auons sur le cœur; que sa presence est le dernier remede, & l'vnique Medecin des douleurs de nostre ame, & que nous ne viuons plus que de ceste esperance.

Que si sa consolation nous a esté inutile & sans aucun ef-

fet, apres auoir loué fon affection, & l'addreffe de fon efprit à choifir tant de remedes,
qu'il applique comme vn
Medecin expert , nous luy
auancerons le fujet, ou la caufe de fon peu d'effet, nous ex-
cufans fur l'excez de noftre
mal, qui n'eft pas encore fuf-
ceptible de remede ; que tout
l'artifice y eft fuperflu; qu'il eft
tres aifé à ceux qui fe portent
bien, de prefenter des aduis,
& des remedes aux malades ;
que toute la force de fon eloquence en a eu fort peu fur noftre efprit , & qu'apres auoir
leu toutes fes confolations,
nous n'en trouuons aucune

propre pour nous; qu'il les doit
referuer pour des moindres
ennuys que les noftres, & que
nous les trouuerons plutoft en
Dieu, qu'en fa Lettre, fi elle
nous eft importune.

EXEMPLE

MONSIEVR,

Ie ne penfe pas que l'eloquence ait affez de tous fes charmes
pour adoucir vne douleur fi a-
mere, comme celle ou ie fuis à
prefent reduite d'eftre priuee de
ce que vous auez veu autrefois
auec tant de plaifir. Tout ce que
ie puis

ie puis accorder à mon affliction,
c'est le temps que ie prends pour
vous dire que de vouloir ap-
paiser vne tristesse extraordinaire par des considerations
communes , c'est irriter mon
mal. Ie ne vois aucun secours
contre vn accident , pour lequel on n'a point de preceptes.
Voudriez vous que mon cœur
fut insensible? Ie serois inhumai-
ne & non pas vertueuse , si ie
regardois cette mort de mesme
œil , que celle des hommes ordinaires: mais mes larmes me fer-
ment la bouche , & m'interdi-
sent la parole. Ie crains de re-
nouueler mes souspirs en nommant seulement celuy dont la

H

perte m'est bien plus sensible ; qu'elle ne vous est fâcheuse. Ce sont les remedes, dont ie me sers pour guerir vne melancholie si profonde : & c'est enfin tout ce que vous peut dire celle, qui en estant viuement atteinte, ne peut pas tenir à present vn grand ordre aux remercimens qu'elle vous doit, mais qui demeure parfaitement

VOSTRE,

CHAPITRE VI.

Des preceptes de la Lettre de Conjoüyſſance.

COmme nos amis reſſen-tent le déplaiſir des maux qui nous affligent; auſſi pren-nent-ils part à toutes nos ioyes, & à tous les biens, qui nous arriuent. Les richeſſes & les honneurs perdroient beau-coup de leur prix, s'ils ne nous aidoient à en conceuoir du contentement par vne amia-ble congratulation qui ſe peut traiter en deux façons, ou di-rectement, ou indirectement,

H ij

Directement, ſi d'abord nous
exaggerons le plaiſir que nous
auons receu de l'heureuſe iſſuë
de ſes affaires , & rapportons
en ſuite les diuerſes raiſons de
ce bien, ou de ſa dignité , ſoit
qu'on la reconnoiſſe releuée
d'elle meſme , ou briguée en
vain par pluſieurs ; ou qu'elle
luy ait eſté donnée lors qu'il y
penſoit le moins , ou preſentée
par ſes propres merites, & non
point par la faueur aueugle de
la fortune : ou enfin par la grace duPrince,qui ne choiſit que
des hommes capables pour
l'exercice de ſemblables charges;qu'il n'en doit le remerciement , & la reconnoiſſance

qu'à son industrie. Apres cette
exaggeration, nous dirons que
bien que la dignité soit eminente, elle est pourtant au des-
fous de ses merites ; que c'est
feulement vn degré à vne plus
haute, pourueu que la fortune
vueille feconder ses vertus.
Pour conclusion on luy fou-
haitera toute forte de bon-
heur, afin que ses amis, & l'E-
stat en puissent profiter, l'exhortant à l'exercer auec gloire
& honneur, puisque c'est vn
choix que tout le monde approuue, & où il peut furpasser
tous ceux qui l'ont precedé.

Indirectement , si l'on dit
qu'on ne le felicite pas de fa

charge, felon la façon commune des autres ; mais qu'on
fe refioüyt de ce qu'elle a rencontré vn tel homme : & bien
qu'elle foit efclatante, elle receura beaucoup plus de luftre
de fa perfonne, qu'il la rendra
plus confiderable par l'ornement de fes vertus, &c. ou
bien nous dirons que nous ne
nous refioüyffons pas de cette
nouuelle qualité ; veu qu'il ne
l'a iamais ambitieufement re-
cherchée, & que fa modeftie
refufe toutes ces vanitez po-
pulaires ; mais que nous le fe-
licitons de ce qu'il a trouué vn
fujet pour efprouuer fa vertu,
qui luy fournit maintenant les

moyens d'obliger plusieurs personnes, comme l'a toujours esté la plus noble & la plus ordinaire de ses passions. Les charges & les dignitez sont estimées (outre la loüange de la personne qui les possede) par l'honeur qu'elles donnent, par le profit qu'elles rapportent, & par l'exercice qu'on en fait honorablement, auec iustice. On y ioint la ioye des parens, des alliez, & des amis, & vniuerfellement de tout le peuple.

Les lieux de la Conjouyssance sont les honneurs, les dignitez, les richesses, la conualescence, la renommée, l'heu-

reux fuccez des affaires, les
mariages & les alliances, les
naiffances, la reconciliation,
l'appuy des Grands, les dons
des Princes : & enfin tous les
biens qui contribuent à la felicité ciuile, dont les moyens fe
tirent de la vertu en general.

Le difcours en doit eftre releué ; veu que c'eft vn fujet
ioyeux, & qui a pour obiet la
louange des perfonnes de merite ; autrement cela diminuë-
roit de l'efclat de la dignité. Il
y a des rencontres, où l'on n'eft
pas fi exact,

EXEMPLE

MONSIEVR,

Cette charge qui vous estoit acquise auec tant de iustice, & si generalement approuuée, n'est pas tant vn ornement de vostre nom, qu'vne recompense de vostre merite. Vous estes sa dignité mesme; puis qu'elle se trouue en vne personne si digne. Ie vous le dis sans artifice, & vous en gratifie auec plaisir: La nouuelle que i'en ay receuë, m'estoit vieille; veu que ie ne doutois point que vous n'arriuaßiez à quelque degré eminent.

L'eſtime qu'on doit faire de vous, paroiſt au choix qu'en a fait ſa Majeſté: Apres les Eloges dont elle vous a honoré, vous ne pouuiez qu'attendre cet applaudiſſement vniuerſel : ce Prince, qui cheriſſoit voſtre vertu ſur toutes choſes, & qui ſçauoit que vous eſtiez la force de ſes Villes, ou pluſtoſt vn autre Archimede dans ſes Eſtats, vous a retenu pour ſon ſeruice, & ce ſeroit eſtre criminel de vouloir blâmer vne election qu'il a fauoriſee. Le Ciel vous a donné tant de rares qualitez, que ſi on ne vous eut point admis à la charge que vous exercez, on

n'eut pas moins fait d'iniure à
l'Estat, qu'à vostre merite. Considerez auec quel heureux succez la main de Dieu vous con-
duit iusques au poinct de cette
eminente gloire, où l'Estat vous
admire. Vos veilles font assez
connoistre à toute l'Europe que
bien que vostre fortune soit grande, elle sera tousiours moindre que vostre vertu : Vos
progrez nous agréent autant
qu'ils estonnent nos aduersaires.
Ceux qui sçauent la part que
vous auez aux secrets de l'E-
stat, & ce que vous rapportez
tous les iours à son auancement,
iugeront de vostre zele par sa
prosperité. Aussi Dieu qui veil-

le tousiours fur les Royaumes,
pour affeurer le noftre , fufcite
celuy que le Ciel auoit deftiné
pour noftre repos. Vous ne pouuez attendre que des loüanges ,
puifque vous deuenez vn obiet
d'admiration. Nos ennemis qui
reffentent vos trauaux , nous ac-
cuferoient d'ingratitude , fi nous
eftions fans reconnoiffance , & fi
nous n'eleuions des couronnes fur
cette tefte qui fçait abbaiffer la
leur. Voftre gloire fera tousiours
dans nos bouches , parce qu'elle
eft grauee dedans nos cœurs, qui
vous eleuent des ftatuës plus fortes que le marbre. Ie vous tiens
ce langage pour vous tefmoigner
que ie fçay honorer en vous ce

qui honore noſtre ſiecle : que ſi la
vertu a cela de propre qu'elle
touche d'admiration les Ames
les plus barbares; ſouffrez Monſieur, que ie me proſterne deuant
la repreſentation de ſon Image,
& que ie vous rende les reſpects
que i'ay pour elle , ou pluſtoſt
pour vous qui en eſtes l'*Auteur*,
ſur tout dans vne ſaiſon , où l'on
n'entend de toutes parts qu'vn
concert de loüanges & d'accla-
mations pour l'heureuſe ſuite des
triomphes du Roy. Ie ſuis

VOSTRE,

CHAPITRE VII.

Des Preceptes pour la Responſe.

IL faudra reſpõdre que nous agréons ſa conjouyſſance, & que nous receuons tous ſes complimens comme des marques de ſon affection, de laquelle nous n'auons iamais douté ; au contraire , nous auons touſiours creu que le bon - heur de nos ſuccez luy apporteroit beaucoup de joye. Nous aſſeurerons que le changement de condition ne diminuera en rien l'amitié. On

louëra ſes raiſons, ſes diſcours
& ſa perſonne, auſſi bien que
la franchiſe de ſon ame à prendre part à noſtre gloire, & à
noſtre auancement. En fin
nous emploirons tout ce que
l'Eloquence nous inſpirera
d'admirable en fait de remercimens, & conclurrons par vn
offre de ſeruice, comme l'on
pourra voir plus au long dans
la Lettre de conſolation, ou
bien en celle des remercimens.

EXEMPLE

MONSIEVR,

J'auoüe ingenuëment que tou-
te la grandeur de ma gloire, est
deüe au Royal principe que vous
reconnoißez, & que ie n'en pou-
uois attendre le succez que du
Ciel, & du plus iuste de tous les
Roys. Ie me resioüys bien plus de
voir l'accomplißement de vos
souhaits, que celuy de mon a-
uancement. Mais si mon ele-
ction vous agrée, vous pouuez
plustost penser aux loüanges de
sa Majesté, qu'aux miennes.

C'est

C'eſt-elle qui a voulu que ie fuſ-
ſe l'appuy de ſes Eſtats , &
comme vn autre Atlas, que ie
preſtaſſe l'eſpaule au fardeau de
ſes peines. Certes de toutes les
faueurs que i'ay receuës , celle
qui m'eſt la plus extreme , c'eſt
qu'vn Monarque ſi ſage & ſi
iuſte n'a fait choix de ma perſonne , qu'apres des longues
experiences : Et ſi i'ay quelque eſclat , ç'en eſt la Royale
ſource. Rapportez luy toute ma
gloire, puiſque c'eſt de luy qu'elle
eſt venuë : c'eſt vn effet du premier Arbitre de tous les Em-
pires du monde. Toute la perfection des plus belles vertus ,
eſt enfermée dans l'imitation

I

des siennes. Enfin asseurez-vous
que si ie suis plus absolu que ie
n'estois , ce n'est aussi que pour
deuenir plus bien faisant. Vous
reconnoistrez par les effets que
si les honneurs changent les
hommes ; le ne changeray iamais le dessein que i'ay fait,
d'estre toute ma vie,

VOSTRE,

CHAPITRE VIII.

Des preceptes de la Lettre de Conciliation.

PAr ces fortes de Lettres nous recherchons la co-noiſſance, & l'amitié des hom-mes, les prians de nous rece-uoir au nombre de leurs ſerui-teurs. Cette façon d'eſcrire eſt fort en vſage parmi les Sça-uans, qui ſeparez par l'inter-ualle des lieux, communi-quent par enſemble, & font vne eſtroite alliance par le moyen des Muſes. Pour y bien reüſſir, il faut en premier

I ij

lieu luy reprefenter les caufes
qui nous obligent à l'aimer,
ou à defirer fa connoiffance ;
& fur tout euiter la flatterie.
En fuite s'il y a quelque chofe
en nous qui le porte à nous
vouloir du bien, on la luy reprefentera fans vanité. Nous
dirons que la reffemblance eft
le vray germe de l'amitié ; que
nous fommes excitez à l'honorer par les belles qualitez
qu'il poffede ; que la renommée les publie par tout auec
auantage, & que c'eft mefme
le iugement de tous les grands
hommes, qui prennent plaifir
à luy donner des loüanges ;
que fes beaux ouurages en

rendent, des preuues tres-eui-
dentes, & qu'apres les auoir
admirez , nous defirons paf-
fionnément fon affe-ction ; Et
bien que nous n'ayons pas
tous fes auantages, ny tant de
merites;toutefois nous ne laif-
fons pas d'en eftre amateurs,
n'ayans point de plus haute
ambition que de les imiter.
Nous conjurerons fa bonté de
pardonner l'excez de noftre
affe-ction , difans que fi nous
offenfons le refpe-ct & l'honneur qui eft deu à fa qualité ; il
en doit accufer fes merites, qui
nous feruent d'excufe ; & que
nous fçauōs bien qu'vn homme, qui furpaffe les autres en

vertus, ne prendra pas gouſt à
des diſcours ſi eloignez de la
force des ſiens, & meſpriſera
vn ſi rude Panegyriſte. Nous
amoindrirons le peu de vertu
que nous aurons, pour donner
plus de luſtre aux ſiennes. On
luy demandera quelque part
en ſa memoire, l'aſſeurant que
ſi nous ſommes des derniers,
nous ſommes auſſi des pre-
miers en amitié. La concluſion
ſe fera par vn offre de tous nos
biens, & meſme de nos amis,

EXEMPLE

MONSIEVR,

La connoiſſance que i'ay de vos merites, me fait ſouhaiter auec paſſion l'honneur de vos bonnes graces, comme la meilleure fortune que ie puiſſe eſperer : permettez moy de prendre ce commencement de vous honorer, & faites moy cette faueur, que recherchant la voſtre, ie n'en ſois pas priué pour en auoir fort peu. Ce vous ſera beaucoup de gloire d'en accorder aux choſes qui en ſont les plus éloignees.

I iiij

Le peu de connoissance que vous auez de moy, ne me sera qu'auantageux; parce que mon imperfection vous estant inconnuë, ma priere m'ouurira plustost le chemin que ie cherche. Voyez comme ie tire le bien du mal & profite du dommage. Vos belles productions que tous les beaux esprits reuerent, s'offrent continuellement à mes yeux : l'enuie mesme auoüe que pour bien faire, il ne faut que vous imiter: vous sçauez que c'est l'vne des plus asseurees marques de la perfection d'vn ouurage. Pour les vostres, ils ont des attraits rauissants, & i'auoüe que la grandeur de vostre esprit, est

incomparable ; mais pour toucher ce qui me charme dauantage, c'est l'inuention admirable, & la maniere dont vous
vous exprimez. Ie ne dis rien du
choix ny de l'arrangement des
paroles : ie tais la structure &
l'harmonie de la composition : Ie
ne parle point de la grandeur des
pensees, ny de la beauté de la
diction, non plus que de la clarté ou de l'arrondissement des
Periodes. Tout cela est digne
d'admiration, & laisse vn goust
si excellent qu'on ne se peut non
plus rassasier de les lire que de les
loüer. Iamais les Muses (qu'on
dit que vous traisnez toutes à
vostre suite) ne fauoriserent hõ-

me comme vous, de qui l'esprit
est eclairé de toutes les vertus
du Ciel. Ie ferois tort à vostre
gloire, si ie ne luy donnois des E-
loges, bien qu'elle demande vn
autre Panegyriste que moy.
Pleut à Dieu que i'eusse autant
de suffisance pour m'en acquiter,
que i'aurois d'affection pour l'entreprendre. Ie sçay que vostre
Ame se nourrit de plus dignes
obiets, pour ne ietter les yeux de
sa pensée que sur ce qui la peut
egaler. Ce n'est pas pour l'en retirer que ie l'interromps ; mais
bien pour vous faire voir combien ie revere vos perfections.
N'attribuez point ce langage à
l'amitié que ie vous demande :

Ie dois ce tesmoignage à la verité. Et ie vous iure qu'elle ne me persuade iamais mieux, que quand vous luy prestez vostre style; que vostre modestie ne vous fasse pas refuser ces paroles. Ce que i'en dis, n'est que pour vous representer combien vous estes obligé de cultiuer, comme vous faites, les grands thresors que vous auez receus de Dieu. Ie ne vous flatte point : puisque c'est le sentiment de tous les grands Hommes qui vous honorent, mais beaucoup moins que ne fait

VOSTRE,

CHAPITRE IX.

Des Preceptes pour la Response.

ON respond modestemēt
& en peu de mots aux
loüanges que nous donnent
nos amis, abaiſſant les vertus
qu'ils reconnoiſſent en noſtre
perſonne. Toutesfois comme
nous ne deuons pas conſentir
à toute ſorte de loüanges, de
peur de pancher exceſſiuement du coſté de l'amour propre, ny les rejetter auſſi auec
mépris, puis qu'il nous eſt ho-
norable de les poſſeder. On

témoignera donc combien nous ont esté agreables ses louanges , & que cette joye nous est d'autant plus douce, qu'elle part d'vne personne qui n'est pas moins releuée en dignité , qu'en science ; qu'v-ne vertu approuuée des grāds hommes, est preferable à tou-tes sortes de fortunes.

Quelques-vns respondent que leur propre gloire leur tient lieu de contentement ; mais la bien-seance nous obli-ge à repartir que les loüanges d'vn homme si prisé, ne nous peuuent estre que de grand prix , & que nous ne les rece-uons pas auec satisfaction seu-

lement, mais auec gloire ; veu
que de plaire aux Sages eſt la
plus haute ambition desEſcri-
uains, & que c'eſt beaucoup
auoir acquis que d'emporter
ſon témoignage & ſon appro-
bation,qui nous ſera vne preuue de ſon amitié. Apres cela
nous pourrons adiouſter qu'il
a trouué l'inuention de ſe
loüer, puis qu'il jouyt de tout
le bien qu'il nous fait, & que
toute la gloire qu'il nous donne, luy demeure. Bref qu'il eſt
impoſſible de ſi bien deſcrire
celles d'autruy, ſans en auoir
de trés-propres & de tres-par-
ticulieres.

On peut auſſi dire que ſa

loüange nous eſt profitable,
parce que la vertu s'augmente eſtant loüée, & qu'il ſemble
nous exhorter ou enflammer
dauantage aux autres vertus,
que c'eſt vn puiſſant éguillon;
dautant que ſans la gloire on
ne feroit rien de beau.

D'autres diſent qu'ils s'ef-
forceront à mieux faire, pour
répondre à ſon eſtime, & pour
arriuer où il nous croit eſtre
paruenus, afin qu'il attribuë
deformais à la Vertu, ce qu'il
donne maintenant à la bien-
veillance, ou à l'amour.

Que ſi les loüanges eſtoient
ſi viſibles, quelles fuſſent connuës de tout le monde, &

qu'on ne les peuſt refuſer, ſans
bleſſer le ſentiment des doctes, ou la verité, nous pourrons dire que ce ſont des experiences ou des effets de tels &
tels auteurs.

Certains croyent eſtre payez
par auance de leurs ouurages,
les voyans bien receus par vn
homme de ſon merite, & ad-
jouſtent que ſon autorité eſt le
couronnement & le triomphe
de leurs eſcrits, dont la peine
eſt adoucie par ſon aueu, &
par vn iugement ſi fauorable.

Il eſt tres-ſeant à vn Chreſtien de les faire decouler de
la pure bonté de Dieu, comme d'vne ſource tres-pure.

En

En fin ſi nous ſuiuons le ſentiment de quelques-vns, ils eſtiment qu'il eſt quelquefois à propos de ne rien reſpondre à ces ſortes d'eloges, ſur tout lors qu'on les peut paſſer ſous ſilence auec honneur, ou bien prendre quelque autre matie-re pour entretenir noſtre amy.

EXEMPLE.

MONSIEVR,

Ie reçois auec honneur celuy que vous me faites de m'eſcrire. Ie crains d'attirer l'enuie de tous les hommes, ſi pour vous remer-

K

cier tres-humblement de vos
loüanges, ie publie que i'ay receu de voftre bonté vne Lettre
merueilleufement douce en ef-
change de la rudeffe de mes ef-
crits. Ce m'eft vne grande gloire qu'vn fi honefte homme que
vous, m'ait voulu peindre d'vn
fi riche pinceau: en ce portrait,
l'ornement du tableau furpaffe
de beaucoup l'excellence de la figure. I'apprehende d'eftre accu-
fé d'ingratitude, fi ie me reduis
au filéce, lors qu'il vous plaift de
m'offrir auec des paroles d'affe-
ctiõ, la voftre toute entiere. Pen-
fant donc à cette faueur, ie me
tais, non point comme ingrat,
mais comme eftonné.

Toutesfois mon deuoir rompt
ce silence, & me fait rendre mille actions de graces à l'exceZ des
vostres. Mais comme vos biens
n'ont rien qui les egale ; aussi
n'ont-ils rien qui les recompense. Ce sont des experiences que
vous faites de cét Art, auec lequel vous sçaueZ gaigner les
cœurs : vous ne vous contentez
pas de bien faire ; mais encore
vous vouleZ bien dire de ceux
qui escriuent mal. Ie tâcheray
de me rendre digne de ce iugement auantageux, & ne vous
laisser pas le regret de vous estre
trompé en ma faueur. Agrées
que mon affection & mon zele,
suppléent au defaut de mes pa-

roles, *&* ne vous pouuant rendre graces ainsi que ie desire ; ie
les rends comme ie puis. Vous
auez si absolument assuietty
mon affection, que vous n'y trouuerez que de l'obeyssance. C'est la
protestation de

VOSTRE,

CHAPITRE X.

Des Preceptes de la Lettre Dedicatoire.

C'Est vne coutume receuë
generalement de tout le
monde, que les Escriuains qui

traitent quelques matieres,
foit de leur inuention, ou autrement, lors qu'ils les met-
tent au iour, font choix de
quelque perfonne que le fang
& le merite recommandent à
la memoire, comme les grands
Seigneurs de la terre. Ancien-
nement on dedioit à Dieu &
aux Saints. Mais les grands
hommes que nous admirons
en comparaifon des perfonnes
ordinaires, deuiennent les pro-
tecteurs de nos ouurages, &
font comme vne fauuegarde
contre l'infolence des perfonnes, & contre les atteintes de
l'enuie, & le venin de la médi-
fance ; ou bien pour eftre ho-

noré en honorant leurs singu-
lieres vertus. En second lieu,
afin que ceux qui liront nos
ouurages, ayent vne bonne
opinion de nos trauaux, estans
ornez d'vn auguste tiltre.

Les Anciens ne dedioient
qu'aux doctes, ou à leurs intimes amis. Aristote dedia sa
Morale à son fils. Ciceron en a
presenté plusieurs à son frere,
& à son fils.

La mesme coustume veut
qu'on s'estende sur les loüanges de celuy qu'on choisit
pour defenseur de nos veilles.
Le style doit estre releué &
remply d'ornement, On commence par quelque chose rare

& meslée de douceur, pour
descendre agreablement en la
matiere de son dessein.

La Preface se commence
par nos estudes, ou par nostre
profession; ou bien par les motifs qui nous ont obligé de
mettre au iour nostre Liure.
C'est en cét endroit où l'on
traite du Sommaire, ou de l'v-
tilité de l'Ouurage. On parle
de sa diuision, & l'on s'étend
sur l'œconomie & sur l'ordre
que nous auons obserué en
toutes ses parties. On a pour
l'ordinaire plus d'égard aux
qualitez de la personne, qu'à
celles du Liure. On loüe les
hauts faits & les actions les

K iiij

plus heroïques de noſtre Pro-
tecteur. Que ſi elles ſont en
trop grand nombre, l'on fait
choix des plus remarquables.

En fin nous luy offrirons
noſtre Ouurage, le ſuppliant
de jetter moins les yeux ſur la
petiteſſe du preſent, que ſur
l'hommage de noſtre volonté. Nous le prierons de nous
mettre au nombre de ſes ſer-
uiteurs, & de nous fauoriſer
de ſes graces, luy promettant
quelque choſe de mieux culti-
ué, s'il nous fait l'honeur d'a-
gréer celle-cy. On ſe peut auſſi eſtendre ſur les merites de
la perſonne, & ſur les qualitez
du Liure, & mille autres cir-

conſtances , ainſi que nous
auons fait voir à l'entrée de
noſtre deſſein.

Ie vous renuoye aux exem-
ples choiſis de Monſieur Tri-
ſtan ; c'eſt vn Auteur qui en
a traitté ſi excellemment,
que i'ay creu que ſa lecture
en ſeroit plus agreable ,
que toutes mes productions.
Ie m'étendrois dauantage ſur
ce ſujet , & particulierement
ſur la façon d'y répondre.
Mais comme c'eſt vne matiere
qui regarde les Sçauans, ie me
perſuade qu'il n'eſt pas à propos d'en donner des inſtru-
ctions plus amples.

CHAPITRE XI.

Des Preceptes de la Lettre d'Estreines.

CEs Lettres ne sont qu'vn offre de seruice qui se rend aux personnes que nous cherissons. L'entrée, ou l'exorde est tiré de la coustume qui se pratique en pareil iour : car la plufpart des hommes suiuent la coustume, & n'agissent que par ses loix. Certains auront peut-estre obserué vn long silence, en attendant que le temps recommençast son année pour le rompre,

en faueur de leurs amis, & leur
fouhaiter toute forte de prof-
peritez par la continuation de
leur feruitude, ou par vn don
de leur perfonne. Nous en
traiterons plus amplement
ailleurs, & l'on pourra voir la
façon d'y refpondre aux Lettres des offres de feruice.

EXEMPLE.

MADEMOISELLE,

Puifque la couftume de faire
des vœux nouueaux au com-
mencement de l'année, fauorife
ma deuotion ; vous ne fçauriez

blaſmer maitenant celuy que ie
fais touchant voſtre perſonne,
comme eſtant la creature du
monde la plus accomplie, & que
ie cheris le plus. Si vous n'eſtiez
depuis long-temps en poſſeſſion
de mon Ame. & de ma liberté,
ie vous l'offrirois auiourd'huy. Ie
ſçay que ce preſent eſt indigne de
la grandeur de vos merites. Ie
prie Dieu que comme ce iour eſt
le commencement de l'année ſui-
uante ; ainſi il puiſſe eſtre la fin
de vos rigueurs. Cependant re-
ceuez pour Eſtreine ces Vers que
mon Genie m'a inſpiré. I'eſpere que vos yeux leur feront cét
honneur de les eſtimer aſſez dignes d'en eſtre veus. Ie vous

conjure par les lumieres de leur
beaux feux de recevoir l'impreffion de leurs derniers traits,
c'est d'où ils attendent leur plus
haute perfection. Ie fçay que ce
font des Aftres qui n'ont que des
benignes influences pour le plus
humble de vos efclaues.

Cloris, ie vous fupplie pour
　　　foulager ma peine,
Ou pluftoft pour me rendre ab-
　　　folument heureux,
Me donner aujourd'huy de bon
　　　cœur pour Eftreine
La faueur feulement d'vn bai-
　　　fer amoureux.

DE LA RESPONSE.

MONSIEVR,

L'Estreine que vous m'auez
enuoyée, m'a fait trouuer en ce
renouueau d'année, des agréemens, & des ioyes toutes particulieres. Ie vous rends graces de
l'honneur de voſtre fouuenir, &
des fouhaits que vous me faites.
Tout ce qui me vient de voſtre
part, m'eſt extremement a-
greable. Et bien que la douceur
de vos vers, & de voſtre profe
ne puiſſe pas acroiſtre l'aſſeurance
que i'ay de voſtre amitié : elle a

neantmoins augmenté le desir
que i'ay de vous seruir. Vous
auez bien raison de vous réjoüir
auec moy, & de me souhaiter
vne heureuse année ; puisque
vous en aurez vostre part : ie
voudrois que les desirs que i'ay
pour vostre seruice, se peußent
découurir außi aisément, comme
ie reconnois les vostres. Ie vous
iure la reconnoissance, & m'a-
uoüe vostre obligée. Mais puisque pour le present ie ne vous
puis donner de meilleures asseurances de mon affection ; ie vous
souhaite toute sorte de felicité, &
m'estimeray trop heureuse, si ie
puis rencontrer les occasions de

*vous seruir, pour vous asseurer
que ie suis,*

VOSTRE,

CHAPITRE XII.

Des Preceptes de la Lettre de Nouuelles.

I'Ose dire auec Ciceron que ce genre est le premier & le plus agreable de tous : c'est à son seul egard que toutes les Lettres ont esté inuentées. Il approche fort de l'Histoire : Il découure à ceux qui sont éloignez de nous, tout ce qui les concer-

concerne, & par vn amiable
recit, les aduertit de toutes les
nouueautez que nous apprenons. Sa fin eſt le plaiſir, ſoit
que la choſe ſoit publique
ou particuliere : particuliere
comme ſi nous eſcriuons l'eſtat de noſtre ſanté, le ſuccez
de nos affaires, ou meſme nos
entretiens de table. Publique,
ſi l'on traite de la Paix, de la
Guerre, ou de la Peſte, des
traitez des Roys, leurs Alliances, ou Mariages, la Naiſſance, ou le Baptefme des Princes, les Deluges, tremblemens
de Terre, Tempeſtes, Eclypſes, &c. Auant que de deſcendre ou deſcrire la narra-

L

tion , ou les nouuelles (qui
doiuent eftre claires, fimples ,
briefues , veritables, elegan-
tes , & agreables) il faut gaigner la bien-veillance de celuy
à qui nous efcriuons, par quelques beaux moyens felon les
diuerfes rencontres du fujet, &
de toutes les autres circonftances qui l'accompagnent.
Et bien que cette forte deLet-
tres foit vn tefmoignage d'a-
mitié ; fa beauté neantmoins
ne confifte qu'en celle des termes , qui doiuent eftre fort
doux, & tres-agreables. Lors
donc que nous efcrirons quelques nouuelles , il en faudra
premierement confiderer la

fin & la cauſe ; puiſque eſtans
connuës, les Lettres ont beaucoup plus de grace & vne
meilleure ſuite, ſans obmettre
les choſes qui ſont dignes d'e-
ſtre ſceuës. Si l'on eſcrit pour
ſon diuertiſſement ; il faut ad-
jouſter à la grace des mots, la
beauté des Sentences, & la diuerſité des Figures, enfin tout
ce qui nous paroiſt agreable.

Mais ſi celuy à qui nous enuoyons des nouuelles, nous les
a demandées, on dira que c'eſt
auec ardeur que nous deſirons
de luy ſatisfaire, luy propo-
ſant la choſe en telle ſorte, que
ſon eſprit ſoit touſiours en ſuſ-

pens & en attente.

Que s'il n'en a fait aucune demande, nous l'en rendrons defireux par quelque infinuation : nous pourrons auancer ou dire, que pour adoucir les aigreurs que nous apporte fon abfence, nous nous informons de tout ce qui fe paffe, pour l'en inftruire, n'ofant paffer fous filence, ce qui merite d'eftre fceu, que c'eft pour le diuertir, & que cét offre volontaire que nous luy en faifons, eft moins confiderable que celuy de noftre perfonne.

L'on reduit encore fous ce genre, toutes les belles Defcriptions, mais auec plaifir &

de bône grace. Et ſi la peinture
tire tous ſes plus beaux traits
de la diuerſité;ie puis auſſi dire
à bon droit que c'eſt le ſeul
charme des nouuelles.

Il faut ſur tout obſeruer l'ordre des temps , racontant les
choſes ainſi qu'elles ont eſté
faites , ou en tirer des ſuittes
par les paſſées. Apres auoir re-
cité les preſentes & les paſſées,
nous pourrons diſcourir par
coniecture , des futures , & en
dire nos ſentimens , declarant
en peu de mots à noſtre amy ,
tout ce que nous luy demandons, ou bien ce que nous deſirons qu'il execute. Il eſt en
noſtre pouuoir de luy décou-

urir la bonté, ou la malice de
la chofe, ou de l'affaire. Enfin nous luy promettrons de
luy faire part de tout ce qui fe
paffera en nos quartiers, & le
fupplierons de ne pas oublier
les nouueautez du fien.

Les chofes les plus ioyeufes
doiuent feruir d'entrée à nos
Lettres , nous pourrons a-
uancer auffi celles de nos a-
mis & luy reprefenter combien elles nous font cheres,
fans oublier les particularitez
des noftres pour tomber plus
doucement à nos nouuelles.

Toutesfois on peut com-
mencer par la narration mefme, pourueu qu'on ait efcrit

autrefois à cette mesme per-
sône:on pourra dire que le peu
de tēps qui nous reste, ne nous
permet pas de nous estendre
dauantage, & que l'amitié veritable reiette tous ces com-
mencemens étudiez;que nous
sçauons bien que l'artifice &
les discours fardez,ne luy sont
pas moins desplaisans que les
visages qui s'en seruent.

Quelquefois nous offrons
nostre credit aussi bien à la fin
comme au commencement
de la Lettre, à l'imitation de
Ciceron.

EXEMPLE.

MONSIEVR,

Pour obeyr aux commandemens, dont vous m'honorastes, & satisfaire à la promesse que ie vous fis de vous escrire des nouuelles, voicy vn abbregé de tout ce que i'ay creu plus digne de vostre curiosité apres vn si profond silence. Ie ne vous diray donc point qu'il nous est arriué vn homme qui a de cét vnguent, dont Medée raieunissoit les hommes: Il nous asseure qu'il vient d'vne contrée où le succre

tombe comme icy la neige. Paris
n'a rien de nouueau, sinon qu'il
se dit que N. a pris vne femme: Il me semble qu'il a tres mal
fait, parce qu'on nous menace
d'vn cruel Esté. Vous auez bien
oüy dire que N. est mort, & a
donné d'autant plus de signes de
sa reprobation, qu'il n'en donna
iamais de sa penitence. Mais ie
quitte ce langage pour vous dire que ie fuis la lumiere, depuis
vostre absence, & ne cheris que
la solitude : ma chambre me sert
de sepulchre, & ie m'enterre
tout vif parmy deux mille
morts. Ie finirois icy, mais ie sçay
bien que vous ne serez point
marry d'apprendre qu'il vous

est écheu vne succession tres ample : ie n'ay garde de vous celer
vos auantages. Voila pource
qui est des affaires particulieres.
Ie passe aux publiques. Il nous
est né depuis peu vn Dauphin,
qui paroist icy bas comme vn
Astre de bon presage, dont les
rayons ont dés le premier poinct
de leur Orient, donné de l'e-
bloüissement, & de la terreur à
toute l'Espagne. Vous auez appris les affaires publiques, Ie ne
vous escrirois pas le reste s'il ne
vous estoit important. Ie viens
d'apprendre que la Peste attaque plusieurs de vos amis : & si
ie n'auois peur de vous ennuyer,
ie n'acheuerois iamais mes nou-

uelles : prenez vous en au plaisir
que i'ay à vous entretenir. Ie
veux croire que vous me ferez
la faueur de m'informer du suc-
céz de vostre voyage, & i'estime
qu'aux heures de vostre loisir,
vous me ferez part des nouueautez du temps. Ayez soin de nous
aduertir de vos affaires ; afin de
vous y seruir. Ie ne veux plus
employer ma plume que pour
vous demander des asseurances
de vostre santé, & pour vous tesmoigner que ie suis tousiours.

VOSTRE,

CHAPITRE XIII.

Des preceptes pour la Res- ponse.

DEux choses sont à consi-derer icy, à sçauoir ce que nous mande celuy à qui nous faisons response, & auec quel dessein ou intention, c'est à dire si elle est bonne, ou mauuaise : que si l'affaire contient en soy quelque chose de funeste, nous ne laisserons pas de loüer celuy qui l'escrit, pourueu qu'il soit homme de bien. On peut aussi dire que tout ce qui nous arriue de la

part d'vn amy si fidele, ne nous
peut estre que tres-agreable,
ou bien on le suppliera de ne
pas escrire à l'auenir, semblables nouuuelles, sans auoir auparauant consulté toutes les
loix de la Prudence, que plusieurs n'ont pas esgard à l'amitié ny à ses excuses ; veu que les
discours sont les images de
nos pensées ; ou bien qu'il parle plustost selon sa passion, que
selon la verité.

Que si ce sont des aduis a-
greables, ou vtiles, & qui par-
tent d'vn honneste homme,
nous loüerons son esprit par la
bonté mesme de la chose: nous
luy tesmoignerons ce que

nous auons conceu de fa bonne volonté, apres en auoir dé-
couuert des marques vifibles
en la lecture de la fienne, qui
nous en affeure.

Bref, que nous auons appris
tout ce que nous defirions de
fçauoir; que l'amitié qu'il nous
porte, nous eft tres connuë, &
ne nous agrée pas moins que
fes complimens, le fuppliant
de nous les continuer plus
fouuent. Pour conclufion il le
faudra remercier de ce qu'il a
fatisfait à nos defirs, & luy
promettre à noftre tour de luy
efcrire ce que nous appren-
drons de rare. Que fi nous defirons quelque chofe de plus

de ſa perſonne, ou qu'il en ait
obmis quelqu'vne, nous l'en
aduertirons auec modeſtie, &
en telle ſorte que nos paroles
tendent pluſtoſt à ſa loüange,
qu'à aucune autre fin.

EXEMPLE.

*M*ONSIEVR,

Ie ne ſçaurois vous exprimer
combien ie vous ſuis obligé des
ſouuenir que vous auez de moy,
& de toutes ces particularitez,
que vous m'auez ſi liberalement
appriſes: il faudroit que i'en euſ-
ſe d'auſſi bonnes pour en expli-

quer l'excellence: de quelque style que vous les escriuiez, elles
ont tousiours des agréemens, ou
de l'vtilité : elles me sont d'autant plus cheres qu'elles vien-
nent d'vn esprit admirable, &
qui sçait choisir les beaux obiets.
Pour tant de rares nouuelles ie
ne vous en puis escrire que de
mediocres ; si faut-il pourtant
que ie vous rende la pareille, &
que ie vous fasse voir par la
mienne, comme ie suis aussi bien
que vous au pays des nouueauteZ. le vous aduertis qu'on nous
a fait voir icy le trepied d'Apol-
lon, la lanterne de Pythagore,
vn vase remply de la voix d'E-
cho, vne coste du luth d'Orphée,

le

le chant d'vne Sereine renfermé dans vne phiole, quatre plumes de Cupidon, vne partie des rodomontades de Vulcan le boiteux, toutes les caprioles du cheual Pegafe, & vn peu de l'eau du mont Parnaffe. Ie vous manderay le refte quand i'auray moins d'occupations, & que vous m'aurez appris par voftre refponfe l'eftat que vous faites des aduis de,

VOSTRE,

M.

CHAPITRE XIV.

Des Preceptes de la Lettre ~~des~~ d'offres de seruice.

C'Eſt par ces ſortes de Lettres que nous offrons volontairement à nos amis, tout ce qui eſt en noſtre pouuoir, ou bien à ceux qui n'oſent pas nous prier, quand meſme ils ont beſoin de noſtre aide. Il les faut donc exciter à nous demander du ſecours par l'offre d'vn ſeruice volontaire qu'on leur rend, ſans oublier les cauſes & les motifs, qui nous

obligent à l'aimer, comme feroient nos eftudes, & autres
chofes propres à gaigner la
bien-veillance des perfonnes,
ou à l'augmenter, fi elle/eft a-
uancée.

Apres auoir touché les fujets de noftre amitié, nous dirons que nous n'auons rien
plus à cœur, que de luy prefenter, tout ce que nous iugerons
luy pouuoir eftre vtile ; ou
fatisfaire à fes defirs ; que nous
fommes prefts de nous facri-
fier pour le feruice d'vn amy
fi fidele. Nous le fupplierons
de fe feruir de noftre perfonne
bien que tres chetiue, & ne la
pas iuger indigne de luy ; que

c'eſt le plus ordinaire de nos
ſouhaits : Nous adiouſterons
auſſi (en cas que la choſe le
demande) que nous auons
ſouuent attendu les occaſions
de luy teſmoigner l'eſtime que
nous faiſons de ſes merites, &
que nous auons bien du regret, qu'elle ne ſe ſoit pas offer-
te fauorable, pour nous reuancher en quelque façon de tant
de bien-faits, dont nous luy
ſommesredeüables; que maintenant qu'elle s'eſt preſentée,
nous ne la laiſſerons pas e-
chapper. Que ſi nous auons
obmis quelque choſe pour
l'accompliſſement des affaires,
&c. de noſtre amy ; nous luy

promettrons d'en reparer la
faute par l'aſſiduité de nos ſeruices. Que ſi nous auons fait
quelque choſe pour luy, nous
en pourrons toucher vne partie, mais modeſtement & en
peu de mots, comme diſant
que nous l'auons embraſſée a-
uec ardeur pour meriter ſon
amitié; ou bien pour nous la
conſeruer : enfin nous l'aſſeurerons de nous employer en
tout ce qui concerne ſa perſonne, ſes honneurs, & toutes les autres circonſtances.

EXEMPLE.

MONSIEVR,

Vos merites & vos courtoisies doiuent excuser la liberté que
ie prends à vous asseurer par celle-cy de mes obeyssances & de
mes seruices. Ie me voudrois
mal, si i'aymois quelque chose
moindre que vous : i'auoüe que
ma temerité est grande ; si n'est-
elle pas egale à l'affection qui l'a
produite. Mon desir est trop iuste, & mon souhait trop honneste pour estre reietté. Certaine-
ment on vous rendra tousiours

moins qu'on vous doit ; agreés
neantmoins les hommages &
les soumißions que ie rends à
voſtre grandeur: ie les veux continuer toute ma vie; que ſi vous
me fauoriſeℤ de l'honneur de
vos commandemens, il n'y a difficulté qui ne me ſoit aiſée. Aſ-
ſeureℤ vous que perſonne du
monde ne les receura iamais
plus cherement , ny auec plus de
ℤele , que

VOSTRE,

M   iiij

CHAPITRE XV.

Des Preceptes pour la Response.

Elle ne doit pas estre moins officieuse & courtoise que la Lettre à laquelle on respond. Nous pourrons dire que bien que les seruices que nostre amy nous a rendus, ne soient pas nouueaux ; si ne laissent-ils pas de nous estre agreables, & de nous apporter du plaisir. Nous le remercierons de sa bonne volonté, ou de toutes ses courtoisies, disant

qu'il nous les prodigue auec
excez. Il faudra l'asseurer de
la mesme faueur, en luy offrant nos amis & tous nos
biens, ou dire que nous ne
voulons pas luy ceder en ciui-
litez, &c. qu'il est nostre re-
fuge, que le temps n'effacera
iamais de nostre souuenir, celuy de ses bien-faits,&c.

EXEMPLE.

MONSIEVR,

Tous mes seruices ne sçau-
roient meriter la moindre de ces
belles paroles, dont vous m'ho-

noreʒ : ie regrette seulement de
ne vous pouuoir pas donner des
preuues plus grandes de mon affection; afin qu'en quelque sorte
vous la puißieʒ reconnoistre. Ne
chercheʒ plus de paroles , pour
tesmoigner que vous m'aimez:
vos effets me l'ont appris: vous
auez des honnestetez capables de soumettre les cœurs les
plus barbares. Ce sont außi des
effets de cette genereuse courtoisie qui ne merite pas moins
de reconnoissance , que toutes
vos actions sont dignes de loüange. Ie cheris extremmeent la
precieuse acquisition que i'ay
faite de vostre bien-veillance,
& ie voudrois auoir vne meil-

leure plume pour vous en remercier assez dignement. Ay-
mez-moy tousiours autant comme ie vous honnore, puis que ie
suis

VOSTRE,

CHAPITRE XVI.

*Des Preceptes de la Rail-
lerie.*

VOicy le plus innocent
moyen de relascher son
esprit, i'entends la belle & a-
greable raillerie, qui est l'A-
me de la conuersation. Elle

peut entrer dans toute forte de
Lettres , mais elle n'eſt pas
touſiours bien receuë de toutes ſortes de perſonnes. Il faut
auoir egard aux humeurs qui
les compoſent: car elle trouue
bien ſouuent des ennemis, ſur
tout quand elle tire ſes pointes
de quelque ſaletez, au lieu que
celle qui part d'vn eſprit iudicieux auec quelque grace, &
couchée bien à propos , a des
effets beaucoup plus admira-
bles que les diſcours les plus
ſerieux : Les Orateurs d'Aſie ,
cheriſſoient fort la pointe : aujourd'huy ſon vſage eſt commun entre les plus galands de
la Cour. Il faut prendre gar-

de que voulant dire quelque
chofe de ridicule, on n'y tombe foy-mefme. Mais comme
toutes les paroles découlent
neceffairement du beau & de
l'agreable, qui eft le propre de
la pointe ; il s'enfuit que les
beaux mots meflez auec vn
artifice induftrieux , plairont
naturellement , pourueu que
l'imagination qui les conçoit,
confulte le iugement, auant
que de les enfanter. Vne Lettre toute feiche & trop crüe,
dégoufte, & quelquesfois é-
pouuante nos amis ; mais auec
vn peu d'affaifonnement, &
fous vne apparence plus agreable, elle les excite à merueil-

le. Que fi la perſuaſion pour entrer plus agreablement dans l'Ame, doit eſtre voluptueuſe, il eſt conſtant qu'elle n'y ſçauroit auoir entrée que par cette ſorte de plaiſir.

EXEMPLE.

MONSIEVR,

Bien que ie ſois au pays le plus ingrat de la terre, & parmy des eſprits qui n'en ont que pour celuy des bons vins; ſi eſt-ce que la gayeté de la ſaiſon où nous ſommes, ne me permet pas de vous donner des idées me-

lancholiques. Le chant des oi-
seaux m'inuite à la ioye : maintenant que toute la nature se re-
nouuelle, il est iuste que ie me dé-
charge de quelques pensees, bien
que i'en produise fort peu de bonnes , & bien moins encore de
bonnes Lettres ; si veux-ie pourtant vous faire part de mes vi-
sions.

Il n'y a que mes amis qui puissent m'exciter à la ioye: vous se-
riez ennemy des appas , si vous
ne les veniez gouster en ce pays.
Iamais vous ne vistes rien
de plus agreable que ma solitude : le murmure des eaux y fait
vn si doux concert que les songes
dont mon esprit s'entretient sur-

passent tous les charmes de vos contrées. Ie ne m'endors qu'apres auoir oüy vne Musique tres accomplie. Les Moineaux font le Deßus, les Estourneaux chantent la Haute-contre, les Corbeaux la taille, & les Grenoüilles entonnent la Baße: Cette Harmonie dure iusques à ce que le Soleil ait battu la mesure à mes fenestres. Pendant l'espace de deux heures, i'ay l'entretien d'vn bouffon, qui dit qu'allant visiter la chambre Royale du Soleil, pour y voir le nid du Phenix, il paßa au Temple des Muses, qui luy enuoyerent leur Chancelier au deuant; il adiouste, qu'il fit prouision de pain

pain & de vin pour faire voile
au Parnasse ; dautant qu'il a-
uoit oüy dire qu'on n'y viuoit
que de lauriers, ou de graines
de lierre, & qu'on n'y trouuoit
point d'autre boisson que celle du
Pegase, dont il a rapporté vne
bouteille. Ie changerois de style si
ie n'estois

VOSTRE,

N

CHAPITRE XVII.

Des Preceptes pour la Responſe.

L'On reſpond du meſme ſtyle, c'eſt à dire qu'il eſt permis de rire;mais ſans offenſer perſonne. On conſidere les qualitez de celuy à qui on eſcrit: Car les hommes graues ne ſe plaiſent pas à ces ſortes de Lettres. Le temps, le lieu, la choſe, la perſonne, ſon âge, & pluſieurs autres circonſtances, ſont à remarquer, auant que d'entreprendre vn ſem-

blable deſſein : on eſcrira fort
modeſtement : car toutes les
reſponſes ne doiuent pas eſtre
de la meſme façon, ſur tout
auec nos égaux ou inferieurs,
auec leſquels il eſt permis de
railler. Nous en auons vn traité qui pourra voir bien toſt le
iour.

EXEMPLE.

MONSIEVR,

Il faut que l'ancre ſoit bien
cheré en vos quartiers. Ie le dis,
parce qu'ayant receu la voſtre,
ie l'ay trouuée trop ſuccincte.

N ij

Pour moy i'ay tant de chofes à
vous dire , que ie ne fçay par où
ie dois commencer. Depuis voftre depart, ie me diuertis auec
vn homme qui n'eft pas plus
haut qu'vn Pygmee: fa barbe &
fon difcours approchent fort du
ftyle des Pedans, auffi bien que
fa demarche : fon habit eft plus
pelé que le derriere de ma Gue-
non. Il confond tellement les langues que fes paroles femblent
fortir de la bouche de Nembrot:
Il eft fi maigre qu'il reffemble
aux ombres qu' Enee vid dans
les Enfers : auffi porte-il les couleurs de la Mort , bien qu'il ait
toutes les influences de la Lune.
Il fe fait appeller le Pere de la

Diete, & ie le tiens pour le frere de la Fievre Quarte. Ne me
parleZ plus des fueilles de Da-
phné, ny des essences de voſtre
Parnaſſe : l'aime mieux les
fruits de Ceres & la liqueur de
Bacchus , ou des Biſques , que
tous les Sonnets & les Sornetes
des Poëtes. Apres que i'ay hu-
mé de ce Nectar, i'entonne des
airs charmans, ſur tout quand
la fumee de cette Ambroiſie me
monte à la teſte. Mais ie ne vous
en ſçaurois eſcrire dauantage
pour le preſent , veu qu'il me reſte ſi peu d'ancre & de papier,
que tout ce que ie puis faire, c'eſt
de me dire

VOSTRE

N iij

CHAPITRE XVIII.

Des Preceptes de la Lettre de Recommandation.

LEs Poëtes qui nous ont caché plusieurs belles moralitez sous le voile de leurs Fables, nous disent qu'Hercule preste l'espaule pour soustenir le Ciel, dont Atlas estoit accablé. Ie m'en rapporte à ce qui en est ; mais il est veritable que nos amis sont autant d'Hercules qui nous aident à supporter les charges de cette vie ; puifque nos forces font trop foibles pour les porter.

En effet, que defirons nous plus ardamment dans la Recommandation, finon que la perfonne fuppliée efpoufe nos interefts, & prenne le mefme foin que nous enuers la perfonne, ou la chofe recommandée.

Ce genre eft bien le plus ordinaire & le plus en vfage; auffi eft-il le plus obligeant. Toute fa force confifte à bien perfuader à noftre amy d'auoir autant d'affection, que nous en auons pour l'affaire qu'on luy recommande. Pour y reüffir excellemment, trois chofes

N iiij

font neceſſaires , la premiere
qu'il en ſoit inſtruit; la ſeconde, qu'il ait le pouuoir ; & enfin la volonté de laquelle depend toute l'iſſuë. On conſidere quatre ſources, d'où naiſſent
tous les moyens propres à la
Recommandation: Premiere-
ment, la perſonne à laquelle
nous eſcriuons; en ſecond lieu
celle que nous recomman-
dons : en troiſieſme lieu, la noſtre : enfin l'affaire pour laquelle on s'employe. Quant
à la premiere, on conſiderera
non ſeulement ſa bonté , ſa
grandeur & ſon autorité; mais
encore la renommée de ſes

bien-faits, & de ſa courtoiſie,
&c.

En la ſeconde on fera voir
qu'il eſt digne de ſes faueurs,
montrant les qualitez qui le
rendent aimable, ſans obmettre les principales loüanges
que l'on attribuë à l'homme,
comme ſa Race, ſa Nobleſſe,
ſa Patrie, ſon Eſprit, & tout
ce qu'il poſſedera d'Art & de
Science ; ſes Mœurs, ſes Richeſſes, ſon Autorité, ſes Merites, ſa Valeur, l'Eſperance
côceuë, le deſir ardent de connoiſtre vn Homme de ſa ſorte, pour luy offrir ſes Seruices,
ſa Modeſtie, bref, toutes ſes
vertus, accômodât ſes mœurs

selon la perfonne à laquelle
nous les recommandons.
Et pour conclufion , vne parfaite reconnoiffance. Pour
la troifiefme , on a efgard à
l'anciene amitié, confiance, ou
efperance que nous auons fondée fur la iuftice de noftre demande , les obligations enuers
la perfonne recommandée , le
defir que nous auons de luy
plaire , pour nous reuancher
des faueurs infinies , qu'elle
nous a tefmoignées.

Enfin la iuftice de la chofe,
fon vtilité , fon importance,
l'honneur qui luy en reuiendra , qu'elle eft conuenable à
fa dignité, qu'elle eft aifée, ho-

nefte, & plufieurs autres circonftances que l'on obferue
felon la bien-feance des perfonnes : car felon leur diuerfité, l'on employe diuers lieux.
Si i'efcris à vn Aduocat, mes
lieux feront, fa diligence, fon
induftrie, fa prudence, fon
bien-dire, &c. Que fi i'entretiens vn Iuge, ie luy repre-
fenteray la Iuftice ou l'equité,
la raifon, &c. tâchant par tous
moyens de l'exciter à la pitié:
quelquesfois on fe fert des loix
de l'amitié, bien qu'aujour-
d'huy la plufpart des recommandations ne s'accordent
qu'à l'importunité des prieres,
& non pas à l'amitié, ou au

merite des perſonnes. Ie mets
ce genre ſous le Demonſtratif;parce qu'on ne recommande iamais vne perſonne,qu'on
ne la loüe auſſi en meſme
temps, & recommander quelqu'vn chez les Grecs, ce n'eſt
autre choſe que le loüer. La
loüange doit eſtre briefue, &
non point trop eſtudiée, ſur
tout entre des amis. La Recommandation peut eſtre trai-
tée de pluſieurs manieres:
Droitement, quand nous faiſons voir que la perſonne recommandée merite cette faueur: De biais, quand nous
l'aduertiſſons de la connoiſtre
ſeulement, ſans y aporter tous

fes foins. D'autrefois on raille lors que nous iugeons qu'vn bon mot & de bonne grace a plus deffet qu'vn difcours trop ferieux.

On fe fert de l'infinuation, ou de pareil artifice, lors que nous ne poffedons pas abfolument l'efprit de la perfonne que l'on fuplie, ou bien quand la chofe femble trop extraordinaire, afin de gaigner plus agreablement fa bien-veillance. Que fi la recommandation eft reïterée, crainte de paffer pour importun, on tâchera de s'excufer auec addreffe, luy témoignant que ce n'eft pas que nous doutions de fon ami-

tié, &c. mais que c'eſt pour le
deſir extréme que nous auons
d'obliger noſtre intime, que
nous continuons à l'importu-
ner. Nous dirons que nous a-
uons iugé à propos d'adiouſter cette priere aux preceden-
tes ; puiſque nous auons beſoin encore vne fois de ſes
ſoins & de ſes peines.

Pour concluſion on s'offre
à reconnoiſtre & auoüer l'o-
bligation, dont nous luy ſommes redeuables, ſans oublier
la reputation, & la gloire qu'il
acquerra, obligeant deux perſonnes tout à la fois, & qui ne
furent iamais capables d'ingratitude: on fermera le diſ-

cours par vn offre de seruice, luy promettant tout ce que nous iugerons estre propre à le persuader, ou à le fleschir.

EXEMPLE.

MONSIEVR,

La courtoisie dont vous auez tousiours vsé enuers ceux qui ont eu recours à vostre faueur, me fait esperer que vous agréés la priere que ie vous fais, pour vne affaire que ce porteur vous découurira : C'est vne personne qui a du merite & de la scien-

ce: ce sont des qualitez que vous
aymez, & que vous possedez
souuerainement. I'employerois
tous les artifices de l'Eloquence,
pour vous le recommander, si ie
n'apprehendois d'estre soupçon-
né de me deffier de vostre amitié: c'est assez de vous dire que
ie l'ayme pour vous le rendre pareillement aymable, & que l'honesteté & la raison m'y obligent.
Il a creu qu'il falloit vous gaigner à nostre party, pour emporter son iuge: aussi regnez vous
absolument sur son esprit. Ie ne
prendrois pas la hardiesse d'employer vne grande faueur comme la vostre, si ie n'estimois que
la iustice & son bon droit vous y
con-

conuierõt d'eux mesmse. Ie vous
coniure de l'appuyer de vostre
auctorité. Ie me suis porté d'autant plus librement à vous faire
cette priere pour mon intime, que
i'ay approuué l'election qu'il a
faite de vostre personne, pour é-
tre son Dieu tutelaire & l'A·
zyle d'vn affligé : le rang que
vous tenez, vostre autorité, &
l'importance de la chose excuse-
ront mon importunité. Faites
luy l'honneur d'appuyer de vostre protection ses affaires : il est
resolu de ne tenir que de vous,
l'heureux succez que nous promet la iustice de nostre cause. Il
publie par tout vos loüanges :
& c'est auec iuste raison ; veu

O

le credit que vous vous eſtes acquis. Il eſpere par voſtre moyen
entrer en la connoiſſance de noſtre grand amy. La iuſtice de ſa
demande vous doit obliger à
la luy accorder , auſſi bien que
l'vtilité qu'elle luy apportera.
Ie m'aſſeure que vous l'aſſiſte-
rez en tout ce qui vous ſera
poſſible ; puiſque c'eſt en vous
ſeul que luy & moy auons mis
toutes nos eſperances. Que ſi ſes
affaires ſont dautant ſoulagees
par voſtre diligence (comme il
ne nous eſt pas permis d'en douter) autant de characteres ſeront autant de langues qui pu-
blieront vne action de double
merite : & ie vous en deuray de

ma part vn remerciement, puis
que ie fais auec luy, commun ~~e~~
de biens & de maux : en reuan-
che voyez en quoy ie vous pour-
ray seruir, & vous verrez que
ie prendray vos demandes.
Agrées donc qu'en vous offrant
les vœux d'autruy, ie vous con-
tinuë aussi les miens, & vous
asseure qu'en obligeant mes amis
de cette sorte, ce sera moy qui seray

Vostre tres-humble & tres
obligé seruiteur.

O ij

CHAPITRE XIX.

Des Preceptes pour la Reſponſe.

ON regarde ſi c'eſt vn de nos amis qui nous eſt recommandé : s'il nous eſt allié, ou bien inconnu : ſi les demandes ſont iuſtes, ou non. S'il eſt de nos intimes, nous ferons reſponſe que ſa recommandation nous eſt tres-agreable ; puis qu'il s'agit d'obliger vn homme qui nous eſt acquis il y a ſi long-temps, & que nous aymons beaucoup, tant pour ſes merites, que pour les au-

tres qualitez particulieres qu'il
a en foy; que tout ce qui eft en
noftre pouuoir , eft pareillement au fien; ou bien que nous
ne fçaurions hayr vn objet
qu'il ayme, & qu'il nous recommande auec tant d'Elo-
quêce. Que nous l'affifterons,
& accomplirons exactement
fes volontez, ne trouuans rien
de plus agreable , ny de plus
aifé que fes demandes. Nous le
remercierons des aduis qu'il
nous aura donnez, ou nous
plaindrons de ce qu'il vfe de
prieres enuers nous ; veu qu'il
a droit de nous commander
en vne affaire fi iufte, & fi fort
honnefte. Que fi la perfonne

recommandée nous eſt inconnuë , nous promettrons d'en
auoir du ſoin, parce qu'elle eſt
chere à noſtre amy, & d'employer noſtre credit en ſa faueur. Vne demande infame,
ou injuſte, ne doit pas eſtre ny
veuë ny ouye d'vn Chreſtien,
& encore bien moins accordée. On s'excuſera neant-
moins , diſant par exemple,
qu'apres auoir attendu les occaſions de le ſeruir, nous ſommes extrememement faſchées de
ne luy pouuoir pas témoigner
noſtre bonne volonté; que nô-
tre conſcience & noſtre reputation y ſont intereſſées; que
nous nous reſeruons à vne au-

tre occafion plus propre, &
plus vtile pour luy, & à nous
plus auantageufe, ou mieux
feante. Nous luy dirons auec
modeftie, que nous fommes
fort eftonnez, qu'vn homme
fçauant & vertueux comme
luy, nous faffe des demandes
fi peu raifonnables; que celuy
en faueur de qui il les fait, eft
vn ingrat ou vn vicieux, en fin
tres-indigne de fes recommandations. Toutefois fi la demande qu'on nous auroit faite, n'eftoit pas en noftre pouuoir, mais en celuy d'vn autre,
nous refpondrons qu'il nous
eft impoffible de luy rien promettre; que pour ce qui de-

pend de nous, il s'en peut affeurer.

EXEMPLE.

*M*ONSIEVR,

Vous me recommandez, vn
homme qui merite plus de fa-
ueurs que vous ne me mandez :
il m'eſt ſi parfait ami, et il a tāt
de merites , que le connoiſſant
comme ie fais , c'eſtoit aſſez de
m'aduertir pour m'obliger à ſon
feruice. Ie tâcheray de luy teſ-
moigner l'affection que i'ay pour
faire reüſſir ſes deſſeins , ie m'y
employeray comme aux miens

propres. Asseurez vous que ie
feray tout mon possible pour l'o-
bliger, puisque outre le merite
de sa personne, la iustice de sa
demande, & la force de vostre
recommandation me feroient entreprendre dauantage. Iugez si
ie puis m'espargner en cette rencontre, veu que c'est pour vne
personne dont vous faites tant
d'estime. Ie vous suis obligé de
m'auoir procuré vn homme qui
a de si belles qualitez : il con-
noistra par les seruices que ie
luy rendray, ceux que ie voudrois vous tesmoigner dans les
occasions, pour vous asseurer que
ie suis

VOSTRE,

CHAPITRE XX.

Des Preceptes de la Lettre de Remerciement.

SI l'ingratitude est la monstrueuse fille des bienfaits, il est certain que la reconnoissance est la plus belle partie des remercimens; aussi attire-elle auec plus de force la bonté des grands courages. Ce n'est pas qu'il n'y ait aujourd'huy des esprits ingrats, qui changent en actions de malheureux, les graces qu'on leur fait, n'ayans aucun ressentiment pour leur bien-faicteur,

Vn noble courage croit auoir
deux fois departy fes faueurs,
quand il a rencontré vn efprit
qui le remercie auec la mefme
franchife qu'il s'eft employé
volontairement pour luy ; ie
n'eftime pourtant pas qu'vn
fimple remerciement, auec vn
artifice de belles paroles, foit
capable pour s'acquitter ainfi
qu'il faut enuers la perfonne
qui nous oblige : cela n'eft
qu'vne idée de reconnoiffance & de fatisfaction. Mais
quand rien ne peut entrer en
acquit, & que celuy qui a donné, ne veut receuoir aucun prefent, tout au moins la bonne
volonté fe doit monftrer prê-

te à la gratitude, de laquelle
on est bien souuent mieux sa-
tisfait par la grace des paroles, que par la diuersité des recompenses. Cette sorte de lettres doit estre remplie de
tous les plus beaux ornemens
de l'Eloquence , puis qu'on
l'employe à loüer les bien-
faits , & le merite de celuy qui
nous les a rendus. On considere premierement le bien-fait,
lequel on amplifie par toutes
ses circonstances, comme exa-
minant les vertus de la personne qui l'a departy. Si en temps
& lieu ; si de sa volonté, ou
promptement , pendant ses
plus grands affaires, & sans

rien pretendre de reciproque
sinon la bonne volonté; si accordé publiquement ou auec
honneur, ou lors qu'on l'at-
tendoit le moins. En fin par-
courant tous les adjoints qui
touchent l'affaire, pour en former (apres l'entrée du difcours) la propofition du fait,
exaggerant la grandeur du benefice par fa qualité, combien
grand, vtile, ou attendu : bref
conclurre par vne contrepro-
meffe de bien-veillance, d'o-
bligation, & deferuice. Secondement, à qui il eft fait, ou accordé; si a des perfonnes de
peu de merite, ou non; si a plufieurs, ou a vn feul ; si à noftre

amy ; si par merite, &c. à quel
tiltre il se donne ; si sous condition. Pour l'ordinaire on le
traite en abbaissant ses propres merites pour exaggerer
le don, le raportant non point
à nous mesmes, mais à sa liberalité, à sa diligence, ou à sa
bonté. Finalement nous promettrons tous nos soins, afin
de nous rendre dignes des
graces d'vn tel amy.

On l'estendra encore par le
genre du benefice ; comme si
quelqu'vn nous aide de ses
conseils, nous dirons que nous
luy sommes plus obligés, qu'à
celuy qui nous assiste seulement de son argent : ou au

contraire, que celuy qui nous
secourt de ses biens, nous oblige dauantage, puis que tout
le monde est riche en paroles, &c.

Outre cette maniere de rendre graces, il y en a vne autre,
par laquelle sans employer des
remerciemens, nous en rendrons de tres-grands, témoignant que l'excez de ses faueurs nous rend insoluables,
& qu'elles sont trop extremes
pour s'en acquiter par des graces ordinaires : ou en fin que
nostre amitié est trop grande
pour se payer de semblables
complimens.

EXEMPLE.

MADEMOISELLE,

La ioye que la voſtre m'a causee, eſt ſi grande qu'elle a diſſipé tout entierement mes ennuis. Il ne faut point trouuer eſtrange que des qualitez extraordinaires faſſent des effets merueilleux. Ie vous iure que cette obligation ne me part iamais de la penſee: ce traict auſſi ſurpaſſe tout ce que la courtoiſie peut faire naiſtre en vne Ame vertueuſe comme la voſtre. Parmi la gloire que ie m'attribuë

d'eſtre

d'estre honoré de vos belles Lettres; ie reserue pareillemēt vn regret en mon Ame, qui ne sçauroit vous en remercier assez dignement. Si i'auois d'aussi belles
paroles que vous me donnez, de
belles pēsees; ie ne me cōtenterois
pas de vous escrire que la beauté a des charmes dās vos escrits,
aussi bien que sur vostre visage.
Il me faudroit le tiltre d'Eloquent, comme vous possedez
auec auantage, celuy de tres belle parmi les plus accomplies, ou
bien que l'Amour m'eust presté
la plus belle plume de ses ailes,
pour descrire les merueilles de
la vostre.

　　Mais comme vous estes in-

comparable, il ne se trouue point
d'esprit assez eloquent pour en
parler. Le mien est trop rude pour
descrire le plaisir que ces belles lignes m'ont apporté, c'est vne
grace dont l'Eloquence mesme
ne sçauroit exprimer le ressentiment : ie la tiens entre les choses
du monde qui me sont les plus
cheres : ie baise cent fois cét ouurage, & represente tousiours à
ma memoire la main qui l'a produit, cette main dont l'Art &
la Nature se seruent pour faire
des Miracles, & qui ne dedai-
gne pas de me gratifier des plus
agreables ouurages d'vne si belle
ouuriere. Ie les lis & les relis
tousiours auec admiration. Ie

veux mal à mon esprit, qui ne
me sçauroit fournir des loüanges
qui ne soient au dessous de vos
courtoisies : toutesfois l'excez de
mon defaut vient de celuy de
vos merites. Si vous m'accordez
le bon-heur de vos entretiens, ie
deuiendray plus accompli aupres
de la perfection. I'auray toute la
compagnie des graces, quand ie
seray en la vostre : c'est vn bien
qui ne me sçauroit arriuer que
trop tard ; i'ose neantmoins l'esperer, afin de vous tesmoigner
de bouche que ie veux demeurer
eternellement

VOSTRE,

P ij

CHAPITRE XXI.

Des Preceptes pour la Res-
ponse.

NOus dirons que nous
sommes ioyeux de ce
que nos seruices luy agréent;
que c'est la personne du monde qui nous est la plus chere,
& que nous l'auons euë toujours en cette estime;que nous
sommes affligez de n'auoir peu
faire dauantage pour son seruice,ou que nous n'attendions
pas tant de remercimens ;que
c'est trop reconnoistre vn pe-

tit feruice, & le payer au double, que d'employer tant de
belles paroles.

Bien fouuent on refpond
que l'amitié ne fouffre point
tant de complimens, & que
nous ne les efperions pas en fi
grand nombre : au contraire,
fi les bien-faits font mutuels
(pour gaigner dauantage fa
bien-veillance) nous adiou-
terons qu'il ne nous a pas feulement remercié ; mais auffi
par trop recompenfé. Que fi
nous addreffons nos paroles à
vn homme de confideration ;
ce ne fera pas affez d'approuuer fes remercimens ; mais on
adiouftera deplus, qu'il nous

oblige extrémement, & que
tout ce qui le touche, nous eſt
fort auantageux ; que ce nous
eſt vne faueur extreme d'eſtre
employé pour ſon ſeruice.
Quelquefois les actions de
graces qu'on nous rend, ſont
ſi extraordinaires, qu'on eſt
contraint de les reconnoiſtre
par vn ſilence, ou enfin par
vne bonne volonté.

―――――――――――――

EXEMPLE.

MONSIEVR,

Ie penſe, que vous auez dor-
my ſur le Parnaſſe. Ie ne vous

trouuai iamais si Poëte, du moins
vous employez leurs ornemens
& leurs Figures pour loüer auec
excez vne personne qui en est indigne. Ie vous ay des estroites o-
bligations de me donner des remercimens d'vne chose qui n'en
merite aucun : C'est payer auec
vsure vne reconnoissance qui
vous estoit deüe : il n'y a que vos
propres termes qui la puissent exprimer. Ie dois beaucoup à vos
merites , & si mes Lettres ont
quelque estime , c'est parce que
ie vous les addresse , & non
point parce que ie les escris. Ie
pense que celle cy vous donnera
autant de compassion, que la
vostre m'a donné de contente-

ment. *Vos paroles sont si hautes,*
& vostre plume a un essor si é-
leué, que ie n'y sçaurois attein-
dre. l'ayme bien mieux aprendre
des asseurances de vostre santé,
que des Eloges de ma personne.
Ne soyez plus si industrieux à
inuenter de si beaux déguise-
mens; puis que vous estes asseu-
ré de ma bien-veillance. La sa-
tisfaction de vos visites effacera
la rudesse de ce discours, que ie ne
sçaurois conclurre qu'à l'ordi-
naire. Ie suis donc

VOSTRE,

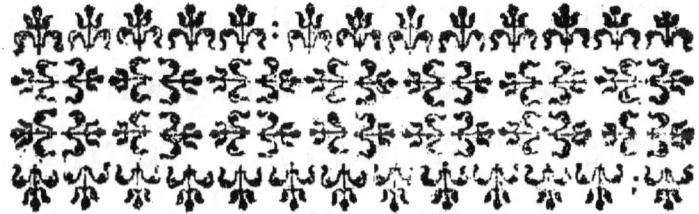

SECONDE PARTIE.

CHAPITRE PREMIER.

Du Genre Deliberatif.

CE Genre contient deux parties , l'vne qui perſuade par le moyen de l'vtile , de l'honneſte, & du delectable ; mais ſur tout par l'vtilité appuyée de l'honneſteté ; l'autre detourne par les contraires. L'objet de la deliberation eſt diuers ; d'autant qu'il ſe termine plus proprement à l'intereſt, qu'au plaiſir, ou au déplaiſir : & l'on recherche bien moins la fin, que les moyens d'y paruenir. Pour le temps, on conſeille ſeulement de l'auenir, ou des choſes douteuſes : ſes mouuemens ſont l'eſperance, ou la crainte, le deſir, & l'amour : ſi les choſes ſont bonnes, on les deſire ; ſi deſirables, on les eſpere ; ſi belles, bonnes & vtiles, on les ayme. Par l'eſperance du profit, on eſt porté à tel, ou tel deſſein, & par la crainte du dommage, nous a-

giſſons tout au contraire. Ses
lieux plus ordinaires, ſont les
adioints des choſes,& des perſonnes, des temps, ou des
lieux, des raiſons, des cauſes,
& des motifs, &c. Pour eſtre
bien perſuadé, ce n'eſt pas aſſez de dire que la choſe eſt iuſte,par les parties qu'on appelle generalement en la iuſtice
honeſteté, & en particulier
equité : il y faut encore adiou-
ter toutes celles de l'honeſteté, ſans oublier les ſources de
l'iniuſtice.

Il y a tout autant de manieres de deliberer, qu'il y a d'a-
ctions, & d'affaires diuerſes
au monde : neantmoins &

dans les publiques, & dans les
particulieres, on confidere
plufieurs conditions differen-
tes, dont la premiere qui eft
la poffibilité, eft entierement
neceffaire; dautant qu'vne entreprife qui eft impoffible, doit
eftre hors de confultation. On
á donc premierement efgard fi
la chofe eft faifable. Cinq conditions effentielles nous obligent à la recherche des obiets
poffibles, à fçauoir l'honneur,
le profit, le plaifir, la facilité,
& la neceffité, ou bien par
leurs oppofez. Voila les diuers
biens que nous embraffons a-
uec plus, ou moins d'ardeur,
que nous y remarquons vn a-

mas de toutes ces qualitez. On
émeut donc aifément les per-
sónes par ces motifs honeftes,
par les paffions, & par la fimple affeurance, ou fuppofition
que ces conditions font au fujet qu'on leur met en auant,
ou que fi elles les méprifent ; il
leur en arriuera toute forte de
dommage, de déplaifir & de
dangers.

Ie m'eftends fur ces cinq
conditions, dont il eft neceffaire de connoiftre les depen-
dances ; afin que l'impreffion
en demeure mieux dans la memoire. L'honefteté qui fe trouue en quelque fujet, eft vn
puiffant motif à vn cœur gene-

reux, pour eftre porté à fa recherche; auffi eft elle le feul objet des hommes d'honneur, &
qui s'éloignent du gain : tous
les autres font foibles &
de'peu de durée. Il faut donc
auoir égard aux perfonnes, à
leurs qualitez , aux âges, aux
fexes, aux nations, & aux dif-
férentes humeurs de ceux auec
qui nous auons affaire, leur témoignant fur tout beaucoup
d'affection & de franchife. Les
efpeces de l'honefteté font la
dignité , l'honneur , tous les
biens de l'efprit , tant naturels,
qu'acquis, comme font toutes les vertus , & les fciences ,
&c. dõt on loüe les hommes,

mais particulierement la iuftice , la prudence , la force , & la
temperance, faifant voir que la
chofe eft iufte,&c.Car qui dit
honefte , dit auffi iufte, qui par
le moyen de l'equité deuient
honefte. La victoire eft auffi
mife au rang des chofes hono-
rabies , les belles actions dignes de memoire, & fur tout
les plus eminentes, la renommée , & enfin tout ce qui s'é-
loigne du gain ; puifque le feul
honeur eft le vray prix de l'honefteté.

L'Vtilité regarde les biens
de la fortune, & qui feruent
aux neceffitez:celuy qui la def-
fendra , fera voir les incom-

moditez, ou commoditez des
choſes qu'il perſuade : ſes parties ſont le bon-heur, & la ſeureté : le bon-heur comprend
toutes les choſes qui réjoüiſ-
ſent les hommes , comme les
Arts , la Gloire, la Nobleſſe ,
l'Amitié , la Force , la Beauté,
la Santé , le grand nombre
d'Amis , d'Enfans, de Richeſſes , & en vn mot , l'accompliſſement de nos ſouhaits, &
la ioüiſſance des biens que l'on
cherit ſi fort. La ſeureté qui
en certaines rēcontres, eſt plus
conſiderable que l'honeur, giſt
à ne point auoir d'ennemis, à
ne dépendre d'aucun, & enfin à euiter toute ſorte de danger,

ger , de tromperies , & de vio-
lence.

Le plaifir a vn grand empire
fur nos affections : & comme
la partie fenfuelle pourfuit a-
uec ardeur fes objets, pource
qu'elle connoit en perfection
leur bonté;il fe trouue fort peu
de perfonnes, qui ne fe laiffent
emporter à ce qui flatte leurs
fens , comme font tous les
biens du corps, & fes contentemens.

La facilité eft l'vne des conditions, qui émeut la volonté,
& l'ébranle à fe porter, à ce
qui nous donneroit autrement
de la repugnance : car la difficulté trop grande, comme te-

Q

nant de l'impoſſibilité , rafroi-
dit entierement nos deſirs ſur
tout aux hommes bien ſenſez ,
quand meſme les obiets ſeroient paſſablement honeſtes,
& vtiles. Pource qu'auſſi toſt
qu'vne choſe couſte trop , elle
nous deuient amere.

La neceſſité franchit toute
ſorte de conſiderations : &
quiconque l'a ſçait fort bien
repreſenter, peut perſuader aiſément tout ce qu'il luy plaira. Le chemin le plus court
pour la perſuaſion , eſt l'agreable & le facile ; mais celuy qui
les ſçait manier auec addreſſe,
s'acquiert inſenſiblement l'a-
mour & la grace, qui ſont les

veritables clefs , qui ouurent
les portes à la perſuaſion.

Que ſi l'on veut · détourner quelqu'vn d'vne entrepriſe, &c. il en faut abbaiſ-
ſer l'vtilité, ou luy montrer les
difficultez que l'on tire des
meſmes lieux de la perſuaſion,
& des exemples tant anciens
que modernes : car en ce genre les exemples auec le de-
nombrement des biens & des
maux valent beaucoup pour
émouuoir les eſprits, en les exhortant de ſuiure les vns, &
d'euiter les autres : les Sentences doiuent eſtre fort ſuccin-
ctes : le diſcours graue, & plus
embelly de puiſſans raiſonne-

mês, que de belles paroles, biē
qu'il y ait des rencontres, où
tous les deux sõt tres neceſſaires. Il faut auſſi que l'Exorde
ſoit graue: & quelquefois meſme, il eſt à propos de commencer tantoſt par vn exemple
choiſi; tantoſt par les vertus
de ceux qui deliberent, &c.

Pour arriuer à la fin de ce
diſcours, ie dis qu'il eſt aiſé de
iuger de ce, dont on veut donner auis à quelqu'vn, ou l'en
détourner, & quels reſſorts il
faut remuer, pour le pouſſer à
quelque choſe, ou pour l'en
retirer; dautant que les meſmes raiſons que l'on employe
à induire, les meſmes eſtans

renuerſées, auront yn contraire effet : par exemple on dé-
tourne par la honte, le danger, l'impoſſible, le mépris,&
la riſée. C'eſt en la diſſuaſion
auſſi que l'ironie eſt excellen-
te: on émeut la volonté par les
encouragemens dont les motifs ſont l'eſperance du bien,&
la crainte du mal: les eſpeces
qui ont du rapport à ce genre
ſont la Lettre de demande,
l'exhortation, la perſuaſion,
la diſſuaſion, la Lettre d'A-
mour, &c. de toutes leſquelles
nous parlerons en ſon lieu.

Q iij

CHAPITRE II.

Des Preceptes de la Lettre de Demande.

DE toutes les Lettres, qui font en vfage parmy les hommes, vne des plus efpineu-fes eft celle-cy; mais com-me il y a difference entre les conditions de ceux qui font priez, il y en a pareillement entre les perfonnes qui de-mandent. Ie fçay que Iunon ayant demandé des graces au Dieu des Vents, luy reprefente quatre chofes. Premierement

la poſſibilité. Secondement la
iuſtice. Tiercement, le moyen
qu'il y faut obſeruer. Enfin elle luy promet vne recompenſe : c'eſt l'ordre que tient Virgile, lors qu'il l'a fait parler à
Eole, le priant d'engloutir les
vaiſſeaux de ſon ennemy, ou
que s'il ne peut, il les eſcarte
en diuerſes plages : & puiſque
vous auez (dit-elle) vn pouuoir abſolu ſur les vents & ſur
les flots que les Dieux vous ont
accordé, & que vous pouuez
appaiſer les orages, quand il
vous plaiſt, vne nation qui
m'eſt ennemie, court les mers:
donnez donc des forces aux
vents, & abiſmés les Nauires
Q iiij

au plus profond des eaux , iet-
tans les corps de mes ennemis
en la mer , & sur tout , celuy
de cét Enée perfide. I'ay quatre belles ~~Nymphes~~ , ~~dont~~ la
plus belle sera ton espouse.

On void par cét exemple
toutes ces quatre remarques,
la facilité , le moyen , l'equité
& le choix de quatre beautés.
Pour estre plus asseurée de l'effet, elle luy declare le nombre,
sans oublier la qualité. Mais
comme la Nature des choses
que nous demandons , est diuerse , aussi bien que celle des
personnes : aussi les raisons de
nostre demande doiuent auoir
quelque difference. Il y a des

chofes que nous demandons
hardiment à tout le monde,
comme l'amitié, les aduis, l'in-
ftruction, le credit, ou l'en-
tremife, &c. D'autres tiennent
vn certain milieu, & on les demande auec quelque forte de
pudeur, comme l'emprunt, ou
quelque autre faueur tant
pour nous, que pour nos amis;
c'est pourquoy elle est parta-
gée en d'eux branches, dont
la premiere est droite; l'autre
fe fait de biais.

Quand la demande fe trou-
fauorable, nous perfua-
donsouuertement qu'elle doit
étre accordée: mais lors qu'elle est douteufe, auant que

de la propofer, on employe
l'infinuation, difant par exemple que la neceffité nous a contraint; que fes Loix font plus
puiffantes que celles de tous
les hommes ; qu'on ne fçauroit refifter à ce qu'elle commande ; que la honte eft inutile à ceux qui en font atteints,
& que nous fçauons que noftre requefte eft temeraire, fur
tout eftant addreffée à vn
homme qui ne nous eft en rien
obligé, & à qui nous n'auons
iamais rendu ny feruice ny
plaifir. Apres femblables artifices, nous ferons voir fecrete-
ment (tâchant de gaigner, ou
perfuader fon efprit pour ve-

nir plus aifément à bout de
noftre deffein) que nous efpe-
rons beaucoup de fa liberalité,
par laquelle il départ fes faueurs aux plus inconnus , &
même à ceux, que en femblent
indignes ; que fa bonté eft fi
exceffiue, qu'elle le porte à fe-
courir les mal-heureux, qui ne
trouuent point d'afile plus affeuré que fes vertus.

On confidere fon âge,
fa profeffion , fes mœurs , &
fes inclinations felon lefquelles les affections font plus, ou
moins émeuës : vne demande
refpectueufe couchée en femblables termes, peut ébranler
celuy, à qui elle eft addreffée:

au lieu que l'effronterie l'en
détourne tout à fait. Que s'il
n'eſt pas à propos de ſe ſeruir
de l'inſinuation, ce nous ſera
aſſez de gaigner ſon amitié
(dans l'Exorde) par ſa propre
perſonne, de laquelle nous
loüerons toutes les vertus en
general, mais principalement
ſa bonté, & ſes largeſſes, auec
grace & reconnoiſſance, luy
repreſentant les eſtroites obligations que nous luy en aurons ; ou s'il eſt de nos amis,
combien cette nouuelle grace
accroiſtra le nombre des autres ; que nous l'auons toujours honnoré, & eü vne confiance particuliere en luy, que

ce que nous demandons, ne
peut reüssir plus auantageuse-
ment, que par luy-mesme; que
c'est à luy seul que nous en
voulons estre redeuables; puisque nous luy deuons déja
tout, que l'execution luy en
est tres-aisée, sur laquelle on
s'estendra bien fort, luy ensei-
gnant les moyens d'y paruenir, &c. que si nous auons me-
rité quelque chose aupres de
sa personne, ou s'il nous a quelque obligation, nous la luy
pourrons toucher en passant,
& auec grande modestie, comme par l'amitié de nos Ance-
stres, ou par l'alliance de nos
parens, laquelle nous auons

entretenuë iusques à present,
par des mutuels offices d'A-
mour , & de bien-veillan-
ce.

Par les personnes ennemies,
par exemple luy descriuant
(s'il est à propos) les quereles que nous auons à demeler
auec des personnes que nous
ne sçaurions aimer , dautant
qu'il les a en haine ; que c'est
pour ce sujet que nous implo-
rons son assistance, & sa valeur; que nous esperons enfin
tout de luy , ayant la iustice de
nostre costé,&c. que l'on peut
employer aux entrées d'vn discours : en suitte que la chose
luy est aisée, de peu de dépen-

fe , & à nous extrémement
vtile.

Quant à la chofe, où a l'affaire , apres en auoir fait vn a-
greable recit , & fort fuccinct
(que nous tirerons de noftre
propre demande)nous la con-
firmerons par fa qualité,côme
difant qu'elle eft pieufe, iufte,
honnefte , importante , neceffaire , facile , auantageufe, &c.
Bref , on luy en fera toucher
le bien, & la commodité qu'il
en rapportera quelque ioûr, la
rage qu'en conceuront nos ennemis , & les fiens; que s'il y a
des obftacles qui l'en puiffent
diuertir,nous amoindrirons &
leuerons entierement le foup-

çon qu'il auroit eü de noſtre affection ; ou s'il eſt à propos, nous y mêlerons les témoignages des choſes ou des perſonnes, qui luy ſont cheres, mettans en œuure tout ce qui le peut ébranler.

La concluſion ſe fera par quelque recompenſe, ou du moins par vne promeſſe de reconnoiſtre vn ſi haut bien-fait, luy repreſentant nos neceſſitez, & noſtre impuiſſance; que nous ne luy en ſerons pas ſeulement obligez, mais que nous la luy rendrons auec vſure, ſi l'occaſion s'en preſente, offrans pour ce ſujet nos biens & noſtre perſonne ; que

fi nous auons quelques dons
d'efprit,nous en pourrons promettre quelque chofe, l'affeurant de publier par tout fes
vertus & fes merites.

Lors que nos amis nous
prient de quelques faueurs
pour eftre auffi prefentées aux
noftres, nous dirons que leur
importunité nous eft agreable, puis qu'ils agréent les noftres ; & que nous ne pren-
drions pas cette hardieffe, fi la
feruitude que nous luy auons
voüée & fa bien-veillance enuers nous, n'eftoit connuë de
tous les hommes. Il faut obliger de bonne grace, & diftri-
buer nos bien-faits aux amis

R

de la mefme forte, que nous
les voudrions receuoir de leurs
mains:il ne faut pas mefme attendre qu'ils nous demandent,
fi nous pouuons deuiner ce
qu'ils ont befoin : l'efperance
d'vn bien extrémement defiré
n'a pas moins d'amertume que
de douceur : autant qu'on re-
tarde à faire vne grace, autant
on diminuë de fa perfection :
mais comme nous refufons
aux malades, tout ce qui peut
nuire à leur fanté;auffi deuons
nous refufer à nos amis tout ce
qui preiudicie à leur bien, & à
leur falut.

EXEMPLE.

MONSIEVR,

Puisque la distance des lieux ne me permet pas de ioüyr de vostre presence, consolez moy, ie vous prie, en me faisant part de vos belles peintures. Vous me pouuez rendre heureux par vn de vos ouurages, & m'enuoyer le tableau estant separé de l'original. Ie vous en seray d'autant plus obligé qu'en le voyant, ie crois de vous voir, & me consoler en vostre éloignement. Mon importunité est excusable, veu

qu'elle naist d'vn Auteur, dont
on louë les œuures generalement
par tout. Vous sçauez que i'ay
tousiours approuué les productions de vostre esprit ; parce
qu'elles auoient tous les traits de
leur pere. Elles me seront comme
vn cristal, où ie ne verray que
de belles images. Ce n'est pas que
la vostre ne soit bien auant gra-
uée dedans mon cœur, bien que
nos corps soient infiniment éloignez. I'auray le plaisir de lire
vos pensées, & ce que vous ins-
pirent nos Muses. Plusieurs
s'interessent en ma demande, &
vous me la pouuez accorder auec
bien-seance. Vous n'ignorez pas
que les Graces sont inseparables,

et qu'elles ne vont iamais seu-
les , estans liées d'vn nœud tres-
estraint ; c'est pour cela que ie
vous les demande toutes trois.
Mais parce qu'on les dépeint
toutes nuës, ie vous les represente auec le mesme pinceau, et
par vn discours assez simple, et
dépouillé de tous les ornemens
de l'Eloquence. La premiere est,
d'accorder au plustost ma Requeste ; parce qu'elle me paroist
tres equitable ; La seconde est,
de m'aimer autant que ie vous
estime. I'espere de les obtenir,
puisque la derniere n'a point
d'autre but que d'estre continué
en la qualité de

VOSTRE,

R iij

CHAPITRE LII.

Des Preceptes pour la Responce.

ON n'est pas si exact en la response: car quelquesfois on commence par le dernier Chef de la demande, si l'on veut, comme disant: I'ay respondu à cela: ie viens au reste dont vous m'escriuez, &c. Que si vous accordez vne priere, faites qu'on remarque beaucoup de courtoisie dans vos discours, suiuant la qualité des personnes. Si c'est à vn

Grand, on vſe de beaucoup de
ſoumiſſions , & de reſpect : on
dira que le moindre ſigne nous
fera preuenir ſes demandes, receuant ſes commandemens
pour des graces que nous re-
uerons comme des faueurs ſin-
gulieres. Auec nos égaux , on
témoigne vne bonne volonté,
vn deſir extréme pour ſon a-
uancement , & pour ſon ſecours, nous rendant agreable
aupres d'eux ; que leur merites
nous obligent auſſi bien que
leur affection ; que nous ſouſ-
criuons volontiers à ce qu'ils
nous demandent ; que les choſes dont ils nous ſupplient,
nous ſont touſiours agreables;

que nous ne fçaurions rien entreprendre de plus honnefte,
ny de plus iufte; qu'il nous fait
iniure de nous prier ; veu qu'il
merite beaucoup dauantage ;
que nous fommes afligés qu'il
employe tant de prieres aupres
d'vne perfonne , à laquelle
il peut commander abfolu-
ment.

Que fi l'affaire eft mal-ai-
fée, on luy en reprefentera la
difficulté, & nous luy dirons
que nous auons furmonté tous
ces obftacles pour luy obeyr,
eu égard aux obligations dont
nous luy fommes redeüables.
Si la chofe eft facile, nous luy
témoignerons la ioye que

nous auons d'auoir rencontré
les occasions de le seruir : mais
que nous souhaitons auec passion, de luy faire connoistre
nostre bonne volonté en quelque chose plus importante: on
pourra si l'on veut particulari-
ser sur l'amitié qu'il a pour
nous, ou de celle que nous luy
portons, loüant ses vertus;
& sur tout la modestie dont il
se sert en ses demandes. Nous
le prieronsde nous employer
plus souuent,& en des affaires
plus importantes, qu'au besoin nous ne l'espargnerons en
aucune façon. Que si nous re-
fusons vne demande,il en faudra exposer les raisons,comme

la difficulté, ou noſtre impuiſſance, & pluſieurs autres circonſtances, qu'elle luy eſt inutile, qu'elle eſt indigne de ſa
perſonne, auſſi bien que de la
noſtre, ou d'autres raiſons
qu'on luy deſcrira. Quand les
choſes ne ſuccedent pas ſelon
nos deſirs, on s'excuſe ſur les
perſonnes de qui elles dépen-
dent, diſant qu'il n'a pas tenu
à nos ſoins qu'elle ne luy ait
eſté accordée; que les euene-
mens ne ſont pas en noſtre
puiſſance, & que noſtre fidelité luy doit eſtre aſſez con-
nüe, tant par les bien-faits,
que nous luy aurons autresfois rendus, que par vne pro-

meſſe de le ſeruir en d'autres
occaſions plus fauorables:En-
fin, en tout ce que nos moyens
& l'honneſteté nous pourrons
permettre. Les demandes approchent fort de la recommandation : car nous demandons en recommandant , &
recommandons bien ſouuent
dans la demande: neantmoins
il y a quelque difference auſſi,
bien que dans la loüange, &
dans l'exhortation qui ont vn
grand rapport, elles ſe preſtent
toutes des mutuels ſecours,
ainſi que nous dirons en ſon
lieu.

EXEMPLE.

MADEMOISELLE,

Ie suis bien fort affligé de ce que vous employez toutes les fleurs de la Rhetorique, pour obtenir vn dessein qui n'en a point du tout. Vous dressez vne si belle requeste, que son refus seroit vne marque asseurée de barbarie. Ie vous honnore trop pour vous refuser vn ouurage qui vous est acquis. Ie sçay qu'il n'a pas le merite des vostres. Sans doute il seroit mieux acheué, s'il eût emprunté de vostre

visage & de vos yeux, cette naï-
ue beauté, qui s'y void depein-
te. Mon esprit eût conceu de si
belles idées que ma plume n'auroit point apprehendé l'expres-
sion d'vn si beau dessein. Si ie
m'engage à vos desirs, ce n'est
pas que ie croye d'auoir assez de
suffisance pour y satisfaire; mais
parce que i'ay trop peu de force
pour m'excuser de ce commandement. Vous ne sçauriez accuser
mon obeyssance, sans condam-
ner vos prieres. Ie vous presente ce tableau de mes pensees assez
mal ébauché; afin que receuant
de vous vn dernier trait de vostre main, il puisse paroistre au
iour, sans faire rougir son Au-

teur. Que s'il est indigne de cét
accueil, & d'vn iugement si fauorable, ï ay escrit des monstres
& des grotesques, qui ne sçau-
roient viure, si elles vous offen-
sent : mais si vous en faites vos
entretiens, & le iugez digne de
reposer entre vos mains, & d'e-
stre regardé de vos yeux ; ie suis
trop recompensé de mes veilles.
I'en serois moy mesme le porteur
si mon indisposition me le pouuoit
permettre & viurois aussi souuent auec vous, qu'il sera en cela plus heureux que moy. Vous
estes sous vn Ciel que ie regarde
tousiours des yeux de la pensee:
Ie vous iure que la peinture que
ie vous remets entre les mains

ne vous est pas mieux acquise
que la personne qui vous l'en-
uoye : c'est

VOSTRE,

CHAPITRE IV.

Des Preceptes de la Lettre
d'Exhortation.

ELle doit estre forte, animée, remplie de Senten-
ces & de mouuemens : c'est
pourquoy la Morale nous aide
beaucoup en ce genre, à cause
de la diuersité des passions
qu'il faut exciter. Ie sçay que

l'Ame appetitiue a deux parties, l'vne concupifcible , &
l'autre irafcible;que ce font les
fources de tous nos defirs. En
la premiere refident tous les
plus tendres mouuemens,
comme en la plus baffe , &
plus foible partie de l'homme.
Les plus nobles & les plus releuez font en la feconde,com-
me font ceux de l'honneur &
de la gloire.

Celuy donc qui veut per-
fuader vne chofe , doit regar-
der fous laquelle de ces deux
elle eft rangée, & de quelle
paffion participent,& la chofe
& la perfonne qu'on veut exhorter. Car fi les affections

font

font égales, c'eſt à dire que la
paſſion de la perſonne, a quelque rapport auec celle de la
choſe, il eſt aiſé d'emporter
vn eſprit:mais s'il y a de la con-
trarieté ; par exemple , ſi ie
veux perſuader le Mariage à
vn homme qui aime les exercices de la guerre,ie toucheray
ſeulement les douceurs de la
partie concupiſcible , ſans
m'arreſter à celles de l'iraſci-
ble. Ie ne parleray point des
Trophées que remportent les
grandsCapitaines,mais ie flat-
teray ſes ſens des douceurs d'v-
ne vie, qui ſe paſſe parmy des
enfans, & entre les bras de la
plus Belle partie du monde,

S

le repos que l'on gouste dans
vne famille, où les douleurs se
partagent, & les ioyes se redoublent, & plusieurs autres
choses que ie passe sous silence. Ie reuiens aux mouuemens
qui se tirent, ou des loüanges
de la personne, ou des merites
de la chose, comme par l'esperance des biens & des honneurs, par la crainte des in-
commoditez & de l'infamie,
par l'Amour de tout ce qui
nous est cher, par tout ce que
nous auons en haine, par la
compassion, ou par la misere,
par l'emulation, par l'esperance; ou par l'issuë qu'en attendent nos ennemis, par la di-

uerſité des exemples , par l'i-
mitation des hommes Illu-
ſtres , ou par la ſienne propre ,
par l'enuie & par la ialouſie :
enfin par la cholere , ou par les
prieres, & pluſieurs autres ſemblables , ainſi qu'on iugera
plus à propos. Elle a deux parties, la perſuaſion , & la diſſuaſion : on le pouſſe par le
genre de la choſe, comme diſant qu'elle luy eſt glorieuſe ;
qu'elle luy eſt neceſſaire &
pour le bien public , & pour
ſon vtilité particuliere ; qu'elle
eſt rare, ou nouuelle ; que c'eſt
vne entrepriſe , qui ne peut
reüſſir , que par ſon moyen ;
qu'il en peut voir vne heureu-

se issuë, qu'il en sera le premier
Auteur, que c'est par elle qu'il
pourra donner des preuues de
son courage & de sa valeur, &
plusieurs autres lieux, qui nous
fournissent des raisons pour
exciter ceux que l'on veut exhorter. La loüange des personnes est vn puissant aiguil-
lon aux hommes, qui n'agissent que par vn principe de
gloire ; l'honneur aussi est la
seule recompense de la vertu ;
& la Nature a si bien formé
nos esprits, que nous n'aimons
pas moins la gloire, que les
femmes l'ambitionnent : c'est
pourquoy nous en ferons
vn agreable mélange dans

ce genre de Lettres.

Nous emporterons infailli-
blement vne perfonne, fi nous
faifons vne defcription de fes
plus beaux exploits, loüant a-
uec artifice les plus heroïques,
tant par le lieu, le temps, la façon, & les autres circonftances, que par la difficulté de la
chofe, par quelque rare fi-
ction ; enfin par toutes les regles que nous ont donné les
Orateurs, & qu'on peut remarquer en l'amplification,
ou mefme dans les autres diuers genres d'efcrire, qui ont
des agrémens tous particuliers.

Que s'il entreprend quel-

que action releuée d'elle-mefme, nous l'y exciterons par la
loüange, qu'en publient tous
les hommes , l'exhortant à ne
point perdre courage , ny cette grande force d'esprit qu'il a
toufiours fait paroiftre ; qu'il
pourfuiue auec le mefme
cœur ; que la fin de ce deffein,
ne fera pas moins remplie de
bon-heur , & de fortune , que
tous fes autres commence-
mens ; qu'il ne luy refte plus
rien pour immortalifer fa gloire , que de mettre la derniere
main à ce chef-d'œuure , pour
laiffer à toute la pofterité vne
bonne odeur de fa perfonne ,
& couroner toutes fes actions

paſſees. Nous pourrons loüer
ſes parens , ſa nobleſſe, la grandeur de ſa fortune,ſes moyens,
ſa dignité , l'excellence de la
Monarchie , ou de la Ville,
d'où il aura tiré ſa naiſſance ,
ſon eſprit , ſon âge , ſa ieuneſſe, l'vſage des choſes , le bien
qui en naiſtra: en vn mot toutes ſes vertus, le coniurant d'a-
uoir toutes ces choſes deuant
les yeux, & ne rien faire qui en
puiſſe obſcurcir la gloire , ou
le merite ; qu'il ne degenere
point de ſesAnceſtres;qu'il n'y
a rien d'impoſſible à ſa vertu ,
ny d'inuincible à ſon bras victorieux; que tout cede à ſa
valeur. On peut auſſi faire vn

S iiij

parallele de l'excellence de la chofe auec la grandeur de fes merites, que l'on defcrira auec eftenduë, difant que tant de diuines qualitez ne fe pouuoient rencontrer en vn plus digne fujet, ny qui les peût executer plus heureufement; qu'il ne fouffre point de compagnon non plus que de comparaifon.

On loüe plus, ou moins, la chofe felon les humeurs des perfonnes, à qui nous efcriuons, les excitant felon les paffions aufquelles ils inclinent dauantage. Car celles de la ieuneffe font tout autres que celles des vieillards.

Ces Lettres doiuent eſtre
d'autant plus modeſtes, que la
dignité des perſonnes à qui
nous les addreſſons, eſt releuée.

On conſidere leurs meri-
tes, & le ſujet, veu que tous
les meſmes remedes ne ſont
pas propres à toute ſorte d'eſprits, non plus qu'à tous les
corps. L'exhortation ne diffe-
re pas beaucoup de la perſuaſion, il n'y a que la fin qui les
diſtingue ; l'vne donne de la
hardieſſe, & enſeigne par des
mouuemens puiſſans, & l'autre par des raiſons & par des
preuues : nous perſuadons à
ceux qui chancelent, & nous

exhortons ceux qui defiftent,
ou qui fe font refroidis. On remarque la bonté de la chofe
en elle-mefme, ou bien le rapport qu'elle a auec la perfonne
que nous exhortons : par e-
xemple, fi i'exhorte vn de mes
amis à prendre fes licences, ie
puis auancer tous les biens &
les honneurs qui luy en arriueront, comme la gloire de la
fcience, l'eftime des gens de
bien, le fecours, qu'il apportera aux affligez, les richeffes
qu'il en retirera, &c. Voila les
lieux de la chofe, confiderée
en elle-mefme: mais ie puis ad-
joufter en fuitte, que cette même gloire s'eft toufiours main-

tenuë en sa famille, & qu'elle
y est comme hereditaire; qu'il
doit au moins égaler ses
ayeuls, s'il ne les veut surpas-
fer. Pour ce qui est de nostre
personne, on a égard à l'ancienne amitié, à nos seruices
continuez, ou rendus, à l'vtilité de nos conseils, puis qu'ils
luy ont esté autrefois profita-
bles, ou qu'il les approuuoit :
à l'autorité que nous auons sur
son esprit, ou la creance qu'il
a en nous; que nous nous in-
tereſſons en ce qui le concerne, que nous agiſſons fidelle-
ment, & sans feinte; qu'il doit
cela à nostre amitié, & que
nous sommes asseurez que nos

auis feront en quelque confideration aupres de luy. La
conclufion doit eftre remplie
des plus beaux mouuemens,
auffi bien que des figures les
plus animées. Bien fouuent on
fait vn abregé de tout ce que
nous auons dit dans tout le
corps du difcours, mais par des
termes fort graues, & par vne
diuerfité toute particuliere, ra-
maffant fommairement les
raifons principales qui ont fer-
ui a la confirmation, ou à la refutation.

EXEMPLE.

MONSIEVR,

I'ay appris auec plaifir , la
refolution que vous auez prife
de continuer en ce beau deßein.
Sans mentir ce font des beaux
fondemens iettez pour l'immortalité. Ie vous y exhorterois fi
vous n'eftiez porté de vous-mê-
me à la Vertu. Montrez que
vous eftes forti de ces grands
Hommes , que nous admirons
encore, & que vous voulez imiter vos Anceftres pour auoir part
à leur renommee. Rendez leur

plus de gloire que vous n'en a-
uez pris. Vous n'auez qu'à
vous imiter vous mesme ; puisque vous ne pouuez estre vaincu que par vous seul. Vous sçauez que la gloire qu'on acquiert,
est plus belle que celle qu'on he-
rite. Et bien que vostre race soit
aussi ancienne que nostre Monarchie ; neantmoins elle fera
tousiours la moindre partie de
vostre gloire. Vous auez dequoy
vous recommander dans le monde par vos actions: Vous n'ignorez pas les obligations que vous
aura nostre Ville : elle s'est déja
côseruee par vostre moyë. Apres
l'auoir deliuree des mal-heurs,
qui la menaçoient , refuserez-

vous de la secourir dans sa crise,
& dans sa langueurs? Vous
voyez qu'elle panche à sa ruine. Peut-estre me direz vous
que le chemin de la Vertu est tout
herissé d'espines, mais ie vous
responds qu'il cache mille belles
roses. Alcide ne s'est acquis l'immortalité qu'apres auoir vaincu les Enfers, & domté les
Monstres. Mais pourquoy a-
uance-ie des Fables, puisque
vostre famille me fournit tant
d'exemples. I'y trouue des Heros, dont les Vertus heroïques
font vne partie de nos Histoi-
res. La memoire de vostre ayeul
est assez recente : elle vit encores
dans ses cendres, & s'augmen-

tera auec la posterité. Represen-
tez vous tant de belles actions,
sans oublier les exercices de
Mars, dont Monsieur vostre
pere faisoit ses ioüets : l'Amour
que vous deuez à la patrie: tant
de peuples qui ont tous les yeux
tournez sur vous, comme à l'an-
chre Sacré de l'Estat, & dont
l'entiere fortune est entre vos
mains, attendent le succez d'vn
tel bon-heur. Enfin Monsieur,
ie veux croire que quand vous
fermeriez l'oreille à toutes les
raisons du monde, vous l'ouuri-
rez à ce qui est de la considera-
tion de Monsieur vostre Pere,
& de ce que vous luy deuez.
Tous vos amis vous en coniu-
rent

rent par ma bouche, par cette
bouche que vous auez touſiours
eſtimee vn Oracle. Réjouïſſez-
vous, Monſieur, de voir vne ſi
grande diuerſité d'eſprits, s'accorder en l'eſtime de voſtre Vertu : beniſſez vne fortune qui
vous donne autant de gloire,
qu'elle apporte de honte a vos
ennemis. Les vœux des Specta-
teurs ſont differens, comme ſont
leurs paſſions : ſoyez du coſté de
ceux qui vous deſirent la victoire. Ce que noſtre mal heur a de
plus ſenſible, c'eſt la ioye qu'en
recoiuent nos ennemis. Les voſtres n'aurôt iamais le plaiſir de
voir chanceler voſtre courage,
ou de vous voir oiſif : faites que

T

les enuieux de voſtre gloire, ayent le regret de la voir acheuee. C'eſt en cette rencontre que vous pouuez triompher de l'enuie, ayant pour guide tant de vaillans deuanciers. Ne dementez pas la ſplendeur de voſtre naiſſance. Ne trompez point nos eſperances, & ne ſouffrez pas que celle de Monſieur voſtre pere ſoit le trouble de ce dernier déplaiſir. Vos qualitez vous y conuient : contribuez y ce qui depend de vous. Les preuues que vous auez donnees de la force de voſtre courage en pluſieurs occurrences, vous diſent que ce ſuccez eſt infaillible. Preferés les intereſts de la Republi-

que, & le salut des citoyens à
toutes les autres considerations.
Vous n'y pouués resister qu'en
diminuant vostre honneur. Al-
lés donc où vos Vertus vous ap-
pellent, & ne craignés point de
vous exposer à des ennemis qui
n'apprehendent rien tant que
vostre valeur. Que si vostre
Vertu respond à vos vœux, & si
vous retournés victorieux, les
Palmes & les Lauriers signa-
leront vos Triomphes, & vos
trophées. Imaginés-vous de quel
transport de ioye sera touché celuy, de qui vous tirés la naissance, combien de peuples offriront de
Sacrifices à l'Auteur de tant de
Victoires ; les Statuës qu'on éle-

uera à voſtre vaillance , pour
marquer à la poſterité , le iour
de leur deliurance, auſſi bien que
celuy de voſtre Triomphe. Enfin
les chans d'allegreſſe de vos a-
mis, & pour couronnement de
vos actions, l'honneur & la ſatisfaction qui reuiendra à celle
qui eſt

VOSTRE,

Suitte du Chapitre precedent, comment il faut addoucir l'Exhortation.

ON ne sçauroit croire combien l'exhortation est adoucie, si la personne, qui exhorte, est estimée vertueuse, & si elle se monstre fauorable, tesmoignant que tout nostre discours n'a point d'autre fin, que de voir la continuation de ce qu'il poursuit de son propre mouuement; que c'est l'amitié qui nous oblige à luy tenir ce langage ; que nous nous sommes plustost proposé de

T iij

nous en coniouyr auec luy,
que de l'y enflammer ; que ce
n'eſt point par preſomptiõ, ny
pour auoir trop bonne opinion de nous meſmes ; mais
par vn excez d'amour que
nous auons pour ſa gloire,
pour ſon bien, ou pour ſon a-
uancement ; qu'il nous a eſté
impoſſible d'arreſter le cours
de noſtre plume. Il faut euiter
autant qu'il ſera poſſible la diſ-
ſimulation & le commande-
ment, auſſi bien qu'en la re-
primande, parce qu'il y a pluſieurs eſprits orgueilleux qui
s'irritẽt & ne s'aſſeurent qu'en
eux meſmes, ne receuans point
d'autres auis que ceux de leurs

caprices. Pour donc euiter cét écueil , nous l'adoucirons en tout ce qui nous fera poffible , tant par la folidité des raifons, & des preuues , que par la beauté des plus douces Figures tres propres à ce genre.

CHAPITRE V.

Des Preceptes pour la Response.

L'On respondra que l'exhortation nous a bienfort agrée, que ses conseils ont eü vn grand Empire sur nous, comme venans d'vne personne, qui nous est extremement chere, fidele & prudente; qu'on executera ponctuellement ses intentions, quand mesme elles seroient contraires aux nostres : Que si nous opinons autrement, nous adou-

cirons nos raifons, & noftre
tefponfe auec modeftie, apres
l'auoir remercié de fes aduis,
luy prometant d'en conferuer
vn fouuenir eternel. Que fi
nous auons refolu d'executer
fes deffeins, nous dirons qu'il
nous confirme dans nos opi-
nions; que nos fentimens s'v-
niffent auec les fiens auffi bien
qu'auec ceux des fages, & que
nous les embrafferons toujours; veu qu'il eft de ce nombre; que ceux qui perfuadent
auec fidelité, ont vne égalité
de fentimens ; que les meilleurs aduis fe puifent ordinairement dans les efprits, les plus
exempts de paffion. Mais fi

nous auons refolu tout autrement , nous ferons refponfe
que nous fommes bienfort é-
tonnés de fes penfées, ou de fa
creance , & de ce qu'il nous
foupçonne ainfi; puifque nous
auons affez de raifons qui nous
obligent au contraire ; qu'il a
tort de nos foupçonner , &
nous tenir ce langage ; toutesfois que nous prenons en bonne part tout ce qui vient de
luy.

Que s'il y a lieu de douter,
ou qu'on foit irrefolu en l'e-
xecution de fon deffein, nous
luy pourrons auancer nos doutes, & les raifons qui nous y
obligent, le fuppliant de les

examiner meurement à part
foy, ou fans paffion, & nous
marquer fes plus veritables
fentimens, afin que nous faf-
fions choix des plus raifonnables ; puifque la mefme raifon
veut qu'on obeyffe aux Loix,
& à la fidelité de nos amis, a-
pres luy auoir laiffé la liberté
de cette election ; que s'il fe
trouue des oppofitions qui
nous empefchent d'obeïr à fes
volontez , nous emploirons
toute forte d'excufes , comme
plufieurs circonftances, ou les
motifs qui nous en détour-
nent, auec les plus Belles paroles de la Rhetorique pour
les autorifer dauantage.

EXEMPLE.

MADEMOISELLE,

Ie vous ay beaucoup d'obligations de la peine que vous auez prise de m'escrire; & ce qui me la fait estimer dauantage: c'est la franchise que vous employez à me tesmoigner vostre bien-veillance. l'honore vos bons aduis, & pour vous montrer que i'ayme vos contentemens, i'executeray vos desirs, & n'auray iamais rien de plus cher que de les accomplir, en ce que ie reconnois qu'outre l'vtili-

té, & la gloire qu'ils m'appor-
teront, ils vous feront encores a-
greables. Voftre efprit n'eſt pas
moins charmāt que vos raiſons,
& la façon dont vous vous ſer-
ueℤ pour les exprimer. Vos conſeils ſont außi ſolides, que voftre
langage; außi les eſtime-ie beaucoup. Ie ne doute point que Dieu
ne fauoriſe mes iuſtes deſirs &
les voftres. La fortune n'a point
de part en vn deſſein que le Ciel
agree. Pourueu que vous m'ai-
mieℤ toutes choſes me ſeront ai-
ſees. Vos attraits attireront les
victoires, & ie n'ay qu'à vous
auoir toujours preſente à l'eſprit,
pour m'obliger à ne point faillir.
C'eſt ce que me promettent vos

Oracles qui ne font ny obfcurs
ny trompeurs. I ay de l'impa-
tience de faire voir à toute la
terre, l'eftime que i'en fais , pour
rendre vn tefmoignage public ,
et eternel, de la part que vous
preneʒ à ma gloire : C'eft pourquoy ie tâcheray de fatisfaire à
vos penfees et à vos affections.
Ie les crois de bon augure. et voftre perfuafion trouue mon efprit
du tout porté à cette entreprife.
I'en attends vn heureux fucceʒ
fous vos aufpices. et feray auec
ioye ce que ie faifois de mon gré,
auant la voftre. Ie ne puis
qu'attendre des applaudiffemens de vos confeils. Ce me
font des aides qui me promet-

tent des benedictions & des
triomphes qui marqueront à la
posterité, l'Eternité de nos A-
mours. Asseurez vous que les
esclaues que ie pretends y atta-
cher, ne me seront iamais si absolument acquis, que ie suis en
vostre puissance,

VOSTRE,

CHAPITRE VI.

Des Preceptes de la Lettre de Persuasion.

ILn'y a pas beaucoup de difference entre ces Lettres
icy , & celles d'exhortation :
car nous y mélons la loüange,
& vne partie des paſſions, qui
nous peuuent emporter, ou
détourner.

Ce genre en comprend plu-
ſieurs autres, & le plus excellent precepte qu'on en puiſſe
donner, c'eſt l'exercice ; parce
qu'il s'épand dans toutes les
façons

façons d'eſcrire. Cès Lettres
ont bien ſouuent les cinq parties de l'Oraiſon : car d'abord
nous deuons gaigner la bien-
veillance, tant par les bons offices de noſtre perſonne , que
par la grandeur ou importance de la choſe , par le danger
& les autres circonſtances. En
ſuitte on deduit quelques raiſons , ou du moins on iette
quelques fondemens pour les
eſtablir. Tiercement, nous pro-
poſerons le ſujet pour l'ampli-
fier ſelon les reigles ordinaires.
Si la perſuaſion a diuerſes parties, nous la diuiſerons en pluſieurs poincts iudicieuſement,
& en Orateur.

V.

La Refutation (qui fe tire
des lieux contraires) fera em-
ployée pour détruire les raifons de nos aduerfaires, ou s'il
eft plus à propos nous la lie-
rons auec la confirmation, ad-
jouftant à toutes nos raifons
leur autorité, les exemples, &
les plus beaux lieux de la Rhetorique : en vn mot, nous paf-
ferons agreablement des vns
aux autres, adiouftant aux raifons, les autoritez des Sentences, & la beauté des Figures.

Enfin, la Conclufion fera
vn abregé de tout le deffein.

Elle fe tirera des loüanges
de la perfonne, de l'efperance,
& de tout ce qui la peut pouf-

fer, ou détourner de quelque
chofe, par des raifonnemens.
tres-puiſſans. Par exemple, ſi
ie perſuade à vn homme de ſe
marier, ie dois conſiderer at-
tentiuement cette matiere. Ie
feray vn raccourcy des commoditez que le mariage ren-
ferme en ſoy ; que s'il y a des
difficultez qui l'en détour-
nent, ou ie les diminueray, ou
ie les refuterai tout à fait; inuē-
tant des raiſons que i'eſtendray ſelon les preceptes, &
que ie confirmeray par des autoritez. Les lieux les plus ordinaires, ſont, que tout eſt naturellement porté à laiſſer des
marques de ſon eſtre, & ſur

tout l'homme ; puisque les
maladies & vne infinité d'autres accidens , les emportent
tous les iours; qu'il n'eſt rien
de plus doux en cette vie qu'v-
ne compagne qui partage nos
douleurs , & redouble nos
ioyes , que la vieilleſſe & la
mort meſme nous eſt ſuppor-
table , nous voyans reuiure en
nos enfans.Bref, il faut choiſir
tous les argumens& toutes les
Figures, qui peuuent ſeruir à
eſtendre noſtre propoſition,
luy donnant tous les agrémens que l'Art de biendire, &
les autres Sciences nous fourniſſent.

EXEMPLE.

MONSIEVR,

Encore que vous n'ayez pas
besoin de mes conseils ; si est-ce
que l'amitié que ie vous ay
voüee, & les bons offices que
vous m'auez rendus, m'obligent
à vous parler auec franchise, &
vous donner auis de ce qui ne
regarde pas seulement vostre dignité, mais aussi vos interests.
Vous sçauez que nous sommes
plus clair-voyans en ce qui touche nos amis, qu'en ce qui nous
concerne. I'ay éprouué cette ve-

V iij

rité en plusieurs rencontres , où
vos fideles auis m'ont apporté
toute sorte de bon-heur. I'ose
vous dire sans vanité , que
ie vous rends à present la pareille, & espere quelque iour des
benedictions de vostre bouche, si
vous embrassez mes sentimens.
I'appris auec ioye l'election que
vous faisiez de Mademoiselle
P. elle n'est pas pour diminuer
la gloire de vostre maison. Ie
m'asseure que vous n'aurez pas
regret de perdre la liberté sous
vn si bel Empire. C'est vne
beauté , qui outre ses rares Vertus, & son Illustre Alliance, a
des Thresors abondamment.
Vos T   ns & vos Amis

agréent ce choix : si vous l'hon-
norez, elle vous aime, & vous
auriez grand tort de laisser é-
steindre le nom d'vne si belle race, vous voyant vnique & sans
esperance d'auoir iamais ny freres, ny sœurs. Ie vous auoüe que
ie ne sçay à quoy attribuer la resolution que vous auiez prise de
viure en celibat. Vous auez tort
d'hayr le plus beau sexe du monde. Ne vous laisserez vous pas
toucher à la gloire d'estre le gen-
dre de P. ou bien au plaisir
d'auoir des enfans.

　Au moins que les prieres de
vos amis, & les larmes d'vn
Pere dont vous estes l'appuy,
rompent ce dessein. Si vous m'en

croyez, vous changerez d'opinion, vous iouyrez des douceurs
d'vn Saint Hymenee. Ce ne
sont point mes interests qui m'o-
bligent à vous tenir ce langage :
c'est seulement le vostre. Et ie
suis asseuré que vous vous ren-
drez d'autant plus volontiers à
la force de mes raisons , qu'elles
vous sont Vtiles , Honnestes, &
Necessaires , sur tout en ce tēps.
Ie sçay que s'il y a chose au monde qui vous emporte , c'est l'A-
mour de l'Honnesteté, aussi est-
ce le seul motif de tous les grands
Hommes : Y a-t'il rien de plus
honneste que le Mariage , puisque Dieu en voulut estre luy
mesme l'instituteur , & ne se

contenta pas d'aßister aux Nopces auec ſa Mere ; mais ſignala
encore le Feſtin par des Miracles tres rares ? Qu'y a-t'il
de plus Sainct , ou de plus
neceßaire que ce que l'Auteur de toutes choſes a inſtitué ,
& ce que la Nature meſme
ordonne. Ie ſçay qu'il s'eſt trouué des Heretiques qui n'ont pas
approuué ce Sacrement , mais ie
le trouue d'autant plus loüable :
que leur nom eſt rempli d'infamie. Se peut-il rien imaginer de
plus iuſte & de plus raiſonnable,
que de rendre à la poſterité ce
que nous auons pris de nos Majeurs ? N'eſt-ce pas vne grande
folie que ſous certains pretextes
trompeurs , ou quelques appre-

henfions, on euite ce que Dieu
mefme a eftimé tres Saint? Eft-
ce pas eftre inhumain que de
fuyr la condition des Loix humaines? Y a-t'il rien de plus ingrat que de refufer à nos Mi-
neurs ce que nous tenons de nos
Anceftres, & que vous ne fe-
riez pas en peine de leur de-
nier, s'ils auoient efté portez
d'vne ingratitude pareille à la
voftre. Ce n'eft point Lycurgue,
Moyfe, ny Solō qui sōt Auteurs,
d'vn lié fi Sacré c'eft le Maiftre
& du monde & de toutes ces
chofes. En vn mot, c'eft Dieu
mefme qui l'a autorifé. Car a-
pres auoir cree l'Homme dās le
Paradis, il creut que la vie luy

feroit ennuyeufe, s'il ne luy don-
noit Eue pour compagne. Pour
ce fujet il l'a tira non point de la
bouë, mais de fa propre cofte,
pour nous apprendre que nous
n'auons rien de plus cher au
monde que la femme, rien de
plus eftroit, ny de plus aimable.
Apres le Deluge, la Loy du
Mariage, fut renouuellee, & à
ce deffein Dieu veut que l'homme quitte fon pere & fa mere,
pour demeurer aupres de fa chere moitié. Y a t'il pieté ou affection plus forte que celle que nous
deuons à nos Peres? Neatmoins
elle eft inferieure à celle qu'on
doit à fa femme; auffi le Ciel eft
arbitre d'vn fi beau choix; Que

ſi l'on ordonnoit des peines aux femmes infecondes, n'en doit on pas inuenter de nouuelles pour les citoyens inutiles?

Les Hebreux ont accordé des recompenſes & des priuileges en faueur des marieZ ; comme les Romains ont puni ceux qui n'en iouïſſoïet pas. Mais ſi vous deſi-rez des teſmoignages de ſon eſti-me, cõſiderez les ſuplices effroya-bles eſtablis contre ſes Viola-teurs. Les Grecs ont creu qu'v-ne guerre de dix annees, ne ſuffi-roit pas encore pour la vengean-ce d'vn tel crime. Toutes les Loix ont puni de mort l'adultere. Mais pourquoy m'arreſte-ie aux Loix des hommes ? la Na-

ture mesme nous l'enseigne. Car
si bien viure n'est autre chose que
de se laisser conduire au gré d'v-
ne si bonne Mere, ainsi que disent les Philosophes Stoïques,
qu'est-ce qui s'accorde mieux
auec la Nature, que le Mariage qui conserue le monde &
les familles entieres? N'est-il pas
honteux aux hommes de declarer ouuertement la guerre à la
Nature, lors que toutes choses o-
beyssët à ses Loix? Vous ne sçauriez estre le plus fort, si tous sont
contre vous. Ie ne veux point
vous dire icy qu'il n'y a rien qui
ne s'aime, que les pierres mesmes
poussent des estincelles d'A-
mour; que les Arbres, les Her-

bes & les Fleurs , à qui la Nature a imposé la Loy d'aimer , se suiuent , se cherchent , se caressent & s'allien sans aucune alteration. Enfin la Prouidence a si étroitement vnt les choses qu'elles semblent se prester de mutuels offices d'Amour & de bién-veillance. Le Ciel ne fait il pas office de mari enuers sa femme la terre : Ce n'est que pour nous aduertir que tout s'entretient & se conserue par cette vnion, & que sans elle tout se reduit au neant. On ne sçauroit hayr le Mariage sans se declarer ennemy de la Nature & de plus de soy mesme : toutes les nations l'ont eü en singuliere recommandation.

C'est pourquoy si vous vous laissez toucher à ses sentimens, et à tout ce qu'il y a d'honneste et de vertueux, à quel sujet abhorrerez vous ce que Dieu a institué : ce que la Nature a détourné, ce que la raison conseille ; ce que les Lettres Divines et Humaines loüent ; ce que les Loix commandent ; ce que toutes les nations approuuent, et ce à quoy l'exemple de toutes les honnestes personnes vous inuite. Que si l'honneste est desirable ; parce que plusieurs le souhaittent, il s'ensuit que le Mariage est à desirer : puis qu'il ne s'y rencontre pas moins d'honnesteté que de plaisir. Se peut-il rien

voir de plus doux que de viure
auec celle qui non seulement
vous aime, mais qui mesme ne
semble faire auec vous qu'vn
Cœur & qu'vne Ame? C'est elle qui partage auec nous, nos peines & nos trauerses, en nous sou-
lageant de la moitié de nos ennuis : Bref, s'il y a quelque felicité dans le monde, ie m'asseure
que c'est celle qui se gouste en cette belle societé. Nos esprits se
rompent aussi tost auec nos amis,
mais ils s'vnissent & se mêlent
dans le Mariage, & la femme
ne cesse de nous aimer qu'en ces-
sant de viure. Elle est la source
de tous nos biens : c'est la compagne de nostre ieunesse, & vn
appuy

appuy tres agreable pendant la
vieilleſſe. Il n'eſt point de plus
chaſte Amour, de plus ſainct,
ny de plus legitime. Il nous donne des alliances, il nous gratifie
de pluſieurs beaux enfans; quelle ſatisfaction a vn Pere de ſe
voir reuiure en vn autre
qui donne l'immortalité à celuy
de qui il tient la vie? Vous me
pourrez auancer que le Mariage eſt vn bon-heur tres-acheué,
quand toutes choſes nous rient,
mais lors qu'il eſt trauerſé de
quelques mal-heurs, ou par l'im-
pudicité d'vne femme, ou par la
malice des enfans, il n'y a point
d'Enfer fâcheux comme celuy-
là. Vous pourrez apporter vne

X

infinité d'exemples, & de personnes à qui le Mariage a esté
fatal: mais si vous les considerez
de bien pres, vous trouuerez
que ce ne sont point des vices du
Mariage, mais plustost des
imperfections de la personne.
Pour l'ordinaire les femmes
imitent les perfections, ou suiuent les defauts de leurs maris.
Adioustez à cela, qu'il est en vostre choix de la prendre bonne ou
mauuaise. Vous m'auoüerez
qu'un meschant homme peut
corrompre la bonté mesme, comme un honneste peut corriger la
malice. C'est blasmer iniustement ce sexe, que de l'accuser de
tous ces vices, & si un esprit fait

rencontre d'vne telle femme , il
faut qu'il l'ait ainſi deſirée. Les
Peres vertueux engendrent des
enfans qui le ſont auſſi , & s'ils
ſont éleuez ſelon leur naiſſance ,
ils ne peuuent viure que ver-
tueuſement. De me dire que la
ialouſie eſt vn dangereux mal
parmy les Amans , c'eſt ce qui
ne s'eſt iamais rencontré dans
les chaſtes couches , & vn A-
mour legitime eſt incapable de
la reconnoiſtre. Ie ſçay qu'vne
adultere coupe la teſte à ſon mari , que celle cy l'empoiſonne; mais
ſi vous auez des exemples de
leur haine , i'en auray bien plus
de leur Amour. Vne ſe contente
d'emporter ſon mari à trauers

X ij

vn Deluge de feu & de fang.
Reprefentez vous Alcefte qui
voulut entrer dans le tombeau
pour en garentir fon mary, la
bonté d'Æmilie, la pudicité de
Lucrece, la foy de Turie, &
vne infinité d'autres qui fe font
maintenuës fideles & pudiques
en dépit du temps & de la mort
mefme. Plufieurs difent que
c'eft vn oifeau bien rare fur la
terre qu'vne vertueufe femme;
c'eft parce qu'ils font indignes
d'vne telle rareté. Le Sage con-
feffe qu'vne femme doüee de
bonté, eft vne bonne partie, il
n'y a qu'à la choifir de la forte &
vous montrer tel en fon endroit, que vous defirez qu'elle

soit enuers vous. Peut-estre que
ce mot de liberté vous possede, et
vous me pourriez dire qu'estant
vne fois enchaisné, il n'y a que
la mort seule qui en puisse briser
les chaisnes. Et c'est tout le contraire, si la liberté est douce, elle
sera bien plus agreable dans la
compagnie qu'en se voyant tout
seul. Et qu'il ne soit ainsi, on
n'attend pas l'annee de vefua-
ge, qu'on s'engage tout de nouueau. D'où vient cela ? Ce sont
les charmes et les douceurs de
ce lien, qui font vn effet si admirable. Apres tout, la liberté ne
vous est pas ostee pour vous en-
gager d'amitié, auec celuy-cy,
ou auec celle-là. Mais pensez

vous que le Celibat n'ait pas des
incommoditez, en auſſi grand
nombre, voire plus que le Mariage? comme ſi la vie des hommes n'eſtoit pas ſuiette à tous les
accidens de la fortune. Il faut
mourir de bonne-heure, ſi l'on ne
veut ſouffrir les aduerſitez de
cette vie. Si vous oſtez le Mariage, la terre n'eſt plus qu'vn
deſert & vne ſolitude affreuſe, il
il n'y a Deluge ny embrazement
qui ruine ſi toſt le monde comme
le peut deſtruire le Celibat. La
mort qui nous attaque de tous
coſtez, en emporte tous les iours,
l'Ocean eſt auſſi impitoyable que
la guerre, les maladies & vn
nombre infini d'accidẽs funeſtes,

diminuent aſſez ſouuent la race des mortels. Vous eſperez peut-eſtre tirer les ſemences de voſtre poſterité, des fleurs, à l'imitation des Abeilles, ou qu'elles naiſtront comme Minerue, du cerueau de Iupiter. Peut-eſtre deſireriez vous peupler le monde, comme firent autrefois Deucalion & Pyrra. Ie n'ignore pas les Eloges que merite la Virginité : mais ie ſçay bien que toutes les Vierges procedent du Mariage. Puis donc que vous eſtes obligé de la vie à ce principe, ne ſouffrez pas qu'on vous appelle le parricide de voſtre race & de voſtre famille, que vous pouuez accroiſtre par ce ſacré cara-

stere, *et* dont vous ne pouuez,
souffrir la perte qu' auec celle de
vostre honneur: Ce sera pour lors
que vous consacrerez à Dieu
des Vierges *et* des Martyrs.
Offrez luy le premier né d'vne si
chaste couche : vouez luy les pre-
mices de cét heureux Hymenee.
Souuenez vous que vostre famille ne peut viure que par vostre moyen , *et* que vous estes
l'vnique qui pouuez reparer la
perte de tous vos freres: Souffri-
rez vous que la race meure en
vostre personne ? Vous la pouuez faire renaistre comme vn
Phœnix de vos cendres , par
la saincteté de ce Mariage,
sans offencer Dieu. Puis donc

que vous abondez, en toute sorte
de biens ; que vous estes ieune
et bien fait , et qu'on vous
offre vne fille vertueuse et de
noble famille , que vos amis
vous en prient , que les larmes
de vos parens vous y contrai-
gnent , que vostre patrie le desire ardemment , et que les cendres de vos Peres , semblent
vous demander ce bien. Ne
vous rendez vous pas à nos
vœux , et à l'Amour que
vous deuez à vostre sang?
Quoy ; les larmes d'vn Pere ,
et la pieté que vous deuez à la
patrie , ne vous ébranleront
point? Les Loix Diuines et Humaines vous y obligent, la Na-

ture vous y pousse, la Raison
vous le commande, l'Honnesteté vous y attire : Enfin plusieurs
commoditez, vous inuitent à
embrasser mes sentimens, & il
me semble que c'est vne neceßité
ineuitable. Mais c'est assez vous
entretenir de ce suiet, ie m'asseure que vous y estes déja porté, & que vous suiurez mes a-
uis; puis qu'ils n'ont point d'autre but que de vous tesmoigner
que ie suis

VOSTRE,

CHAPITRE VII.

Des Preceptes de la Lettre de Diffuasion.

CE genre demande vne grande lecture, car l'on fait vn amas de toutes les in-commoditez, qui se rencon-trent au suiet qu'on nous a persuadé. On propose vn ar-gument bien pensé, auec tou-tes les raisons, & les exemples qu'on disposera succincte-ment, pour faire voir tout le contraire de ce qu'on nous a voulu persuader: car il n'y a

rien qu'vn Orateur, ne puiſſe
loüer, ou blaſmer quand il luy
plaira. Cét exercice nous prepare à toute ſorte de matieres,
& quiconque y peut exceller,
il a des auantages bien grands
dans tous les autres deſſeins.
Par exemple, i'exagereray toutes les incommoditez du Mariage, abbaiſſant ou niant les
commoditez qu'on y décou-
uroit auparauant, mais par des
mouuemens bien puiſſans. Il
n'y a qu'à tirer ſes argumens
des lieux contraires, & renuer-
ſer le deſſein en ioignant la
Theſe à l'Hypotheſe.

EXEMPLE.

MONSIEVR,

Ne vous mettez plus en peine de forcer mon naturel ; vous
ébranleriez pluſtoſt les montai-
gnes , ou applaniriez les rochers
que la conſtance de mon deſſein.
Il ne faut pas entrer dãs le Mariage temerairement : La Prudence n'a pas aſſez de tous ſes
yeux pour ſeruir de guide en cette occaſion. Ie m'aſſeure que ſi
vous eſtiez curieux d'examiner
ce poinct , vous reconnoiſtriez
voſtre erreur, ſi vous allumiez

la lampe, comme fit Pſyché. peut
eſtre découuririez, vous comme
elle, la foibleſſe, & les imperfections de cette Amour. Pour
moy ie ne penſe pas qu'il y ait en
tout le monde vne Eue aſſez ar-
tificieuſe pour me faire gouſter de
cette pomme fatale : noſtre premier Pere ne fut heureux,
qu'autant de temps qu'il fut
ſeul : ſa compagne changea toutes ſes felicitez en des aigreurs,
dont nous éprouuons encores les
pointes. Ie vous coniure de fuyr
cét eſcueil pour euiter les mal-
heurs qui l'enuironnent. La Poſterité vous auroit en haine, ſi les
fruicts de vos productions eſtoiët
eſtouffez, comme ils le ſeroient

sans doute, si vous estiez assu-
jetti à une femme. Vous sçauez
que la Science est plus aymable
que ce sexe, dont les agrémens
& les plaisirs passent, au lieu
que les autres sont eternels. Deuez vous pas preferer les delices innocentes de l'esprit, aux vo-
luptez importunes du corps ? La
Grace aura-elle moins de force
en vous que la Nature ? Pour
moy ie trouue tant de charmes
en la continence, que sa seule
beauté me rauit & me possede :
elle triomphe aussi tous les iours
auec plus d'auantage & de pompe que les nopces : elle peuple le
Ciel, si le Mariage donne des
habitans à la Terre. Aussi un

grand Saint auoüé qu'il faut
ceſſer d'eſtre ſage pour commencer d'eſtre marié; il veut dire
qu'on ne ſçauroit eſtre Pere ſans
folie. Conſiderez-en les eſpines,
vous les trouuerez tellement pi-
quantes, qu'elles ſe rendent in-
ſupportables, & les maux en
ſont d'autant plus grands, qu'il
n'y a que la mort ſeule qui les
puiſſe guerir. Iugez ſi vous pouuez eſtre ioyeux parmy les faſ-
cheries, la ialouſie, la haine, les
querelles, & les reproches qui
vous accompagnent par tout; au
lieu du repos vous embraſſerez
mille geſnes, & au lieu d'vne
femme vous épouſerez mille in-
quietudes: Vne fille eſt vn faſ-
cheux

cheux heritage pour vn Pere:
Bref, autant d'enfans font autant de repentirs auſſi leurs pre-
miers fruicts font des plaintes.
C'eſt vne rencontre aſſez ordinaire que les hommes ſa-
ges ſont mal-heureux en leurs
enfans, peut-eſtre, parce qu'ils
ſont engendrez de leur moindre
partie. Le fils de Ciceron ne te-
noit rien de la capacité de ſon pere: vn Empereur eut vn infame ſucceſſeur pour ſon fils, & les
enfans de Socrate reſſembloient
à leur mere, & furent des Sots,
bien que leur pere fut la meſme
ſageſſe. Vous auez bien plus de
ſatisfaction à voir des enfante-
mens de voſtre eſprit, que des

heritiers de voftre corps. C'eft
dans les fciences qu'on goufte la
pureté des plaifirs, les enfans
qu'elle produit ne font point à
charge à leurs peres ; au contraire, il les foulagent & les affi-
ftent. Quant à moy, ie fais vœu
de n'auoir iamais perfonne qui
me fuccede ; i'ayme beaucoup
mieux conferuer mon bon-heur
tout feul, que de deuenir mal-
heureux en compagnie. Ie veux
bien honnorer ce fexe, mais ie ne
defire point de m'en rendre efcla-
ue ; auffi tous les Heros ont chery le Celibat. Alexandre n'a
point eü d'enfans : l'Hiftoire ne
connoit pas ceux d'Hercule; parce que l'action qui doit preceder

la naiſſance de l'homme, en eſt
indigne. Ne croyeʒ pas que ie
vous auance toutes les ruſes &
les fineſſes du Mariage ; ie
n'aurois iamais fait ſi ie l'entre-
prenois : Il ſuffit de vous dire ,
que Phorontius ne fut mal-heureux, que pour auoir eſté marié,
mourant auec ce ſeul regret. Et
c'eſt pour ce ſujet que Pallas naiſt
du cerueau de ſon Pere. Euiteʒ
donc ces extremiteʒ que vous
me perſuadeʒ, ſi vous deſireʒ
viure heureuſement. Vous ne de-
ueʒ pas apprehender que la terre manque de peuples. Mais a-
pres auoir oüy le langage de la
raiſon, eſcouteʒ celuy de la Nature : Ne vous ſemble elle pas

dire que c'est contre son ordre,
aussi bien que contre celuy de la
bien-seance, qu'vn homme Do-
cte s'engage à vne femme, &
que pouuant estre vtile à toutes
sortes de personnes, il ne se communique qu'à vne seule? Vous
sçauez que ie vous aime, &
qu'il n'y a rien que ie souhaitte
auec plus de passion, que vos
contentemens, les asseurances de
mõ affection ne sont pas si foibles
que vous en puissiez douter : re-
jettez encore vne fois tous ces
biens profanes ; i'espere que le
temps vous fera connoistre que
tout ce que ie vous en escris, part

MONSIEVR,
DE

VOSTRE.

CHAPITRE VIII.

Des Preceptes de la Lettre d'Amour.

PLusieurs se sont seruy de l'eloquence, pour exprimer les frenesies de l'Amour, & les imprimer dans les esprits foibles & inconstans. Pour mon regard, ie ne sçaurois approuuer la brutalité de cette passion, & encore bien moins en donner des Preceptes. Ce n'est pas qu'il ne soit bien seant d'aymer la vertu & la beauté : cette sorte d'Amour a tou-

Y iij

jours pañé pour legitime. Celuy donc qui recherche vne fille en mariage pour gaigner ſon
eſprit & ſon cœur , doit appuyer ſa demande ſur deux
principes tres-puiſsãs, qui ſont
la loüange & la priere. Tous
les hommes ayment naturellement la gloire, mais les femmes en ſont idolâtres, & ſur
tout de celle de la beauté,
qu'elles eſtiment le ſouuerain
bien; celle de la vertu eſt beaucoup plus à priſer. Tout le diſcours roulera donc ſur ces
deux principes de Beauté &
d'Amour, dont les circonſtances s'eſtendent iuſques à l'infi-
ny : on conſiderera ſa ieuneſſe,

ſes mœurs , ſon extraction ,
ſa parenté , ſans oublier les
biens de fortune, &c.: En ſecond lieu, on employe la priere apres auoir exaggeré toutes
les rares qualitez que poſſedera cette perſonne, & s'il y a en
nous quelque choſe qui merite d'eſtre auancée, on la pourra toucher auec modeſtie. Les
lieux de la loüange ſe tirent
du Genre Demonſtratif , &
ceux de la perſuaſion du Deliberatif : La pluſpart des Liures
enſeignent des Preceptes d'A-
mour , c'eſt pourquoy ie ne
m'eſtendray pas dauantage ſur
cette matiere. Il me ſuffit de

dire que les Lettres Amoureu-
ses que Monsieur Colletet a
donné au public dés sa ieunesse, sont capables de donner de
l'Amour à ceux qui les liront
auec attention.

EXEMPLE.

*M*ONSIEVR,

La reputation de voftre fa-
mille, & les vertus de Made-
noifelle voftre fille, m'ont obligé
de la feruir:ce n'eft pas fans def-
fein que ie me fuis rendu fami-
lier aupres d'elle, le fuiet de mes
vifites naift du defir que i'ay

d'entrer en voftre alliance. Ie
fçay que i'en fuis indigne, aufſi
bien que de l'amitié de Mademoifelle : toutefois i'ay creu que
la bien-veillance que vous auez
toufiours euë pour mes parens, fe
pourroit encore eftendre fur moy,
pour m'obliger à chercher les occafions de vous feruir. Mon A-
mour n'eft point fondée fur les
Threfors : c'eft la feule Vertu, &
mon inclination qui en font les
motifs. Ie vous fupplie d'approuuer vne election que le Ciel
m'a infpirée, & de ioindre
vos vœux aux miens. I'ay eu
tant de tefmoignages des Vertus de Mademoifelle, que leur
force & mon naturel m'ont ap-

pris de les honnorer en sa personne. I'auoüe que i'ay receu tant
d'Amour de sa beauté, que rien
ne me peut arrester que ses charmes: Vous n'ignorez pas ce que
ie suis: ie n'ay point de parens
qui ne vous soient amis ; que si
vous fauorisez mes inte 'tions
par vne bien-veillance digne
d'vn Pere, en me iugeant digne
d'vn si grand bien, vous trouuerez en moy vn fils tres-fidele
& tres-obeyssant.

CHAPITRE IX.

Des Preceptes pour la Response.

ON considerera tous les poincts de la Lettre, ausquels on pourra respondre, ou par ordre , ou bien à sa volonté.

Pour l'ordinaire,on remercie la personne de l'honneur de sa recherche. On abbaisse les merites qu'elle attribuë à ce qu'elle ayme : on se peut estendre sur la gloire de sa

famille , & fur fes propres
Vertus. Enfin on conclut
par vne promeſſe de luy donner toute ſorte de contentement. Quiconque poſſede les
Lettres de compliment , n'a
pas beaucoup de peine à reſpondre à celle-cy , l'exemple l'eſclaircira dauantage.

EXEMPLE.

MONSIEVR,

Il est vray que vous nous auez souuent honnoré de vostre presence, & que maintenant vous nous obligez de vostre recherche. Iugez si l'affection que i'ay euë pour vos parens, ne se doit pas augmenter en vostre personne ; veu que vous auez vne particuliere inclination pour ma fille. Vous attribuez trop de gloire à son peu de merite. Ie tiens à grand honneur vne alliance si glorieu-

se; i'en signeray les articles, a-
pres le consentement des vostres:
Et ie vous iure, qu'en obligeant
ainsi ma fille, c'est moy qui suis

MONSIEVR,

Vostre obligé

TROISIESME PARTIE.

Du Genre Iudiciaire.

CE Genre comprend toutes les choses, qui tombent en quereles, & en controuerse. Bien souuent il se sert de tous les lieux du Deliberatif, pour autoriser sa fin qui est l'e-

quité, ou la iuſtice. Il a deux
parties principales , ſçauoir
l'Accuſation, & la Deffenſe ;
mais toutes les deux en com-
prennent d'autres: car l'Accuſation contient la Plainte, les
Menaces & les Reproches.

La Deffenſe a l'Apologie ,
& la Priere, la pluſpart deſ-
quelles ſe traitent par des deſ-
criptions, ou bien par la defi-
nition, & ſont preſque toutes
fondées ſur les coniectures.

Le Criminel ſe propoſe la
clemence ou la ſeuerité du Iuge ; comme celuy qui accuſe
l'excite à la colere, ou à la vengeance ; c'eſt à dire que les
mouuemens ſont d'Amour,
ou de

ou de haine, de misericorde,
d'enuie, & de cholere, &c. passant d'vne passiõ en vne autre.
Le style doit estre coulant,
clair, naïf, orné de belles Sentences, de Figures choisies,
remply de bonnes pensées, &
de mots agreables : il y faut
beaucoup de prudence, & de
iugement. Pour ce qui regarde
le temps, c'est le passé, sur lequel on s'arreste. Ce genre se
pratique fort dans les bar-
reaux, & il me seroit superflu
d'en discourir plus au long, ap-
pres tant de bons Auteurs qui
en ont traité. Ie toucheray seulement ce qui fait à mon des-

Z

sein , selon la promesse que
i'en ay faite.

CHAPITRE PREMIER.

De la Lettre de Priere.

LA Supplication a du rap-
port auec la deffense. Elle appartient au genre deliberatif, entant que celuy qui
prie pour vn autre , semble
conseiller à la personne de luy
pardonner : Neantmoins elle
se range sous le Iudiciaire, dautant qu'elle ressemble aux re-
questes ciuiles, qu'on presente
aux Iuges lors qu'on se iusti-

fie. La priere donc est em-
ployée pour détourner les
maux dont nous sommes me-
nacez, comme sont les pertes
de biens, ou de reputation, les
supplices, ou la mort mesme.
On se sert de tous les lieux
propres à calmer les mouuemens de la colere, mais principalement dans la conclusion,
suppliant la personne de seruir
d'Azile à nostre innocence,
que c'est iniustement que l'on
nous calōnie, ou bien auoüans
nostre crime, pour plus aisément en obtenir le pardon.
Nous pourrons amoindrir nostre faute, ou l'excuser sur la
foiblesse de l'âge, ou bien la

reietter fur vn autre, difant
qu'il y a eu du hazard, de l'i-
gnorance, ou de la contrainte,
tant par la force d'autruy, que
par la crainte de leur menaces.
Il faudra adioufter que nous a-
uons vn extréme regret de noftre erreur; que nous femblons
dignes de fa mifericorde & de
fa grace, veu le repentir qui
nous demeure. Nous louërons
toutes fes vertus, mais fur tout
fa clemence qu'il faudra im-
plorer, auffi bien que fa bonté
à pardonner les iniures; la gloire qu'il y a d'oublier vne telle
faute, luy promctant de mieux
agir vne autre fois.

Pour l'ordinaire, on employe

l'autorité d'vne perfonne puif-
fante, qui nous fert de Media-
teur dans la Reconciliation, &
femble plaider pour nous. Il a-
doucira les efprits irritez, &
dira qu'il y a plus de ieuneffe,
que de malice en noftre fait. Il
reprefentera l'innocence de
noftre vie paffée, les bonnes
actions qu'on aura faites, auec
promeffe d'en faire de meilleures à l'auenir, veu la bonté
du naturel, &c.

EXEMPLE.

*M*Onſieur mon Pere,

Ie deſeſperois de voſtre clemence, ſi mon eſprit agité de mille regrets, n'auoüoit ſon crime,
& ſi en meſme temps ie n'im-
plorois vn pardon par la confeſſion de ma faute, & par la re-
pentance que i'en ay. Les ennuis
que ie ſouffre pendant voſtre colere, vous daiuent obliger à me
faire grace, & conuier voſtre
bōté à me cōſeruer encore. Il vous
eſt aiſé de iuger qu'il y a plus
de mal-heur en mon offenſe, que

de volonté. I'auoüe librement
ma fause, & si vostre misericorde esgale mon repentir, i'en re-
ceuray bien tost le pardon. Ie
vous supplie de l'oublier; afin
que le souuenir que vous en
pourriez conseruer, ne rende
mon mal-heur eternel. Ie sçay
bien que i'ay failly; mais si Dieu
estoit aussi prompt à nous punir,
que nous sommes enclins à l'offenser; il n'y auroit que supplices dans le monde. Les mouuemens de la ieunesse ont plus
d'imprudence, que de malice, &
mon peu d'experience ne me permet pas encore de dõner des preuues d'vne sagesse insigne. Ce sont
les excuses que i'apporte en ce

sujet, où ie desire maintenant
tesmoigner toute l'obeyssance qui
se peut imaginer pour vous rendre content. Souuenez vous que
vous estes Pere, mes soupirs
vous demandent pardon de ma
faute. Ie me iette à vos pieds
pour l'obtenir à mains iointes,
& ie me vois reduit à l'extre-
mité, si mes larmes ne flechissent
vostre misericorde. Prenez donc
pitié d'vn fils repentant, en luy
pardonnant le passé. Iamais vn
bon Pere ne se sert de la seuerité contre ses enfans, qu'il ne re-
connoisse sa douceur inutile. Vostre cholere m'est vn plus cruel
supplice, que tous les maux en-
semble. Vous n'ignorez pas que

l'enfant prodigue , apres auoir
failly plusieurs fois , trouua encore de la pitié aupres de son Pere , qui le receut à bras ouuerts.
Mais ie pourrois augmenter
mon crime à force de l'excuser.
I'attends auec la response de cel-
te-cy , le bien que ie vous demande , & ie crois le meriter;
puis que ie suis

VOSTRE,

CHAPITRE II.

Des Preceptes pour la Responfe.

ON loüe premierement la confeſſion du crime, diſant, que c'eſt le motif qui nous oblige à luy pardonner, veu qu'on ne ſçauroit refuſer le pardõ à vn mal-heureux, & que c'eſt vne eſpece de peine bien grande que d'auoüer ſon crime, ou voir vn criminel ſuppliant; que nous n'auons iamais defiré de nous fâcher contre perſonne, ny le punir extraordinairement, mais que les crimes trop reïterez nous emportent, diminuent noſtre bonté, & nous font pencher du coſté de la cholere : neantmoins que nous ſommes plus enclins à pardonner, qu'à punir ; que nous ne ſommes pas pluſtoſt offenſez, qu'vne ſoumiſſion nous appaiſe.

Nous luy promettrons de l'aymer touſiours à l'ordinaire, & meſme dauantage, s'il ſe gouuerne à l'auenir, ainſi qu'il nous l'a promis. Vn Pere parle à ſes enfans auec moins de douceur, mais pour les autres ils n'en ſçauroient trop apporter.

EXEMPLE.

*QVe sert-il de confesser vne
faute, & employer tant de
prieres pour y retomber tous les
iours? Mon pardon semble attirer de nouuelles offenses, & ie
reçois à tous momens de nouueaux ennuis, dont ie ne crois
pas iamais voir la fin, qu'auec
celle de ta vie. Mes reprimen-
desaugmentent tes crimes, &
mes commandemens ne trou-
uent que des mépris & des resi-
stances; Neantmoins les prieres
de N .ont vaincu ma resolution,
& si ie luy acorde quelque chose,*

c'eſt auec promeſſe de ne rien plus eſcouter à l'auenir. C'eſt donc icy le dernier pardon que tu peux eſperer de

---

CHAPITRE III.

Des Preceptes de la Lettre d'Accuſation.

Elle ſe fait entre les amis, lors qu'ils n'ont pas apporté tous leurs ſoins dans nos affaires : on la peut nommer auſſi vne plainte ; dautant qu'on ſe plaint de ce qu'vn de nos amis ne s'eſt pas acquitté

de tous ſes ſermens, ou de ce
qu'il nous aura oublié, &c. Ce
genre s'adoucit par la raillerie,
par les loüanges , & par des
feintes; afin de ne pas bleſſer
l'amitié, à moins que celuy à
qui nous eſcriuons, ne nous
ſoit de beaucoup inferieur.

Les reigles de l'honneſteté
& de la modeſtie, y ſont tres-
neceſſaires. Nous pouuons
blaſmer la choſe, mais il faut
excuſer l'intention de la perſonne, diſans que nous ſommes bien fort eſtonnez de ce
qui la peut auoir diuerty de
cette couſtume, & quelle raiſon elle a de nous oublier? toutesfois que nous l'aymons

mieux foupçonner , que de
croire qu'elle ait negligé de
nous efcrire : nous l'exhorte-
rons de ne pas permettre qu'à
l'auenir on l'accufe de pareffe,
ou de negligence; puifque outre l'affliction que cela nous
apporteroit, elle luy tourne-
roit encore à blafme.

EXEMPLE.

MONSIEVR,

Ie n'euſſe iamais creu que l'air
de Rome eut eſté ſi contagieux
à voſtre memoire, que de vous
faire perdre le ſouuenir d'vne
perſonne qui vous honnore: ſans
doute les merueilles de cette ſu-
perbe Ville, vous rendēt orgeuil-
leux. Ie vous ay eſcrit pluſieurs des miennes ſans receuoir
aucune des voſtres. Ie ne ſçay ſi
vous eſtes encore au nombre des
viuans, ou parmy celuy des
morts: Toutesfois ie viens d'apprendre

prendre que vous viuez tres
content. Mais qu'est deuenuë
cette amitié? Quoy, vne longue
absence vous aura peu faire oublier vôtre chere P.? Ce feu violent dont vous brusliez, est-il
déja esteint? Et qu'est deue-
nu ce grand soin que vous a-
uiez de nous? Ie ne vous sçaurois exprimer les langueurs que
i'endure dans l'attente de vos
nouuelles. Peut estre que l'A-
mour vous possede : ne m'appor-
tez point ces vieilles excuses du
temps, & ne me dittes pas que
vos occupations vous arrestent,
ou la rareté des courriers : tout
cela ne me sçauroit satisfaire.
Vous n'estes pas si fort occupé

que vous ne puißiez donner vn
quart d'heure à voſtre intime.
Du moins, eſcriuez moy qu'il
ne vous reſte plus de loiſir, ou
que vous n'auez aucun deſir de
m'eſcrire. Penſez vous que ie
ſois dans l'oiſiueté ? combien
croyez vous que i'ay paſſé de
nuicts à m'entretenir de voſtre
perſonne, & maintenant vous
me refuſez deux lignes ? Ie me
figurois que voſtre memoire fut
au derriere de voſtre teſte, comme celle de tous les autres hommes : mais ie vois bien à preſent
qu'elle reſide toute en vos yeux :
car ils m'oublient quand ils ceſ-
ſent de me voir? Si le ſouuenir
d'vne perſonne qui vous ayme,

vous est encore agreable ; ma
Lettre le doit estre pareillement.
I'ay tousiours chery vos exéples,
mais ie ne veux iamais imiter
vostre paresse que i'appelle cri-
minelle. Ie pense tous les iours à
vous, & plus encore au peu de
souuenir que vous auez de moy.
N'oseriez vous dérober vn peu
de temps au sommeil? Quoy depuis vn an, ne s'est-il presenté
aucun courrier à qui vous peus-
siez fier vos Lettres , ou du
moins enuoyer vn boniour à vos
amis? Ie suis prest à souffrir vos
froideurs, si c'est vostre contentement , mais si c'est vn oubly , ou
vne negligence, ie ne puis rete-
nir mon ressentiment; puis qu'il

eſt tres-iuſte. I'ayme pourtant
mieux vous ſoupçonner d'vne
humeur oublieuſe, que de le croire auec aſſeurance. Vous aurez
de la peine à vous iuſtifier, &
i'ayme beaucoup mieux me
plaindre de voſtre ſilence, que
de vous obliger à m'accuſer de
ce vice. Que l'auenir me faſſe
raiſon du paſſé, & ne laiſſez par-
tir aucun ordinaire, ſans m'eſclaircir de ce doute. Pour moy ie
ſuis reſolu de continuer mes per-
ſecutions, & quand vous ne
m'eſcririez iamais, ie ne laiſſe-
ray pas d'eſtre touſiours

VOSTRE,

CHAPITRE IV.

Des Preceptes pour la Response.

L'Excuse a deux parties selon la qualité des personnes : les moindres s'excusent, & les Grāds se iustifient. Nous excusons tous les defauts qui naissent des hommes, comme ceux de negligence, de peu de souuenir, &c. Toutes les offēses & les crimes qui peuuent tomber dans l'amitié, sont les suiets de l'Apologie, bien que

A a iij

la plufpart des Efcriuains les
ont tous deux meſlez.

Le plus expedient eſt de reprefenter le déplaiſir que nous
auons pour les ſoupçons & les
deffiances dont on nous charge, ſans oublier toutes les raiſons qui nous peuuent ſeruir
d'excuſe, ou leuer toute forte
d'ombrages, comme ſeroit la
choſe, le temps, ou les perſonnes & toutes les autres circonſtances, &c. Bien ſouuent on
reïette la faute ſur la fortune,
ou ſur quelque autre perſonne, ſur l'ignorance, ou ſur nos
occupations, maladies, & perils, &c. Que ſi la franchiſe
nous oblige à confeſſer noſtre

faute , nous le prierons d'en
accorder le pardon, promet-
tans de la reparer à l'auenir
par nos affiduitez. L'excufe ne
doit pas moins eftre agreable
que plaifante, auffi bien que
lors que nous accufons noftre intime des mefmes crimes,
dont il nous croit coupables.

Il eft alors neceffaire de luy
reprefenter les raifons les plus
probables qui font noftre A-
pologie, ou les autres motifs,
qui ont arrefté noftre deuoir.
En vn mot nous pourrons dire qu'il doit bannir tous les
foupçons de fon efprit ; veu
que c'eft le feul venin de l'a-

mitié, que la veritable n'en reçoit aucun, & que nous le
croyons autant affectionné
enuers nous, qu'il eſtoit auant
noſtre ſilence. Nous adiouſterons que nous auons receu ſes
plaintes, & ſes reproches comme d'vne perſonne qui nous
eſt chere ; qu'il n'aura iamais
occaſion de nous en faire de
ſemblables ; que nos ſoins &
nos Lettres l'en aſſeureront
beaucoup mieux que tous nos
diſcours : enfin il faut eſcrire
en telle ſorte que nous ne puiſ-
ſions attirer ny ſa cholere ny
ſa vengeance.

E X E M P L E.

M O N S I E V R,

Ie suis honteux de mettre la
main à la plume, apres auoir de-
meuré si long-temps sans vous
escrire? I'ayme bien mieux a-
uoüer ma faute, qu'en déguisant
la verité, augmenter mon crime. Ce qui me console, c'est que
vous auez assez de bonté pour
me faire grace, & ne vous pas
offenser d'vn silence de six mois.
Ne m'accusez point d'oubly,
mais plutost de paresse. C'est vne
maladie pour laquelle les Me-

decins n'ont point de remedes.
Dans le trauail ie ressens des
contraintes, où les autres trouuent des delices. Enfin i'ayme
si fort la liberté que ie quitterois
toutes choses pour m'affranchir
de la tyrannie, qui se pratique
dans le commerce des hommes.
Les ceremonies ne sont que pour
les amitiez communes: la vostre
est au dessus de ces soupçons, &
se rid de toutes ces vaines appa-
rences. Ne iugez pas de mon affection par le peu de tesmoignage que vous en auez receu. Ie
vous iure que i'apprehendois de
troubler les plaisirs de vos entretiens, & tant de belles productions que vous inuentez tous les

jours. Ie me taisois pour vous o-
bliger en quelque façon. Apres
tout, ie ne sçaurois iamais oublier tant de rares qualitez, &
vous me faites tort de comparer
ma memoire, au vaisseau des
Danaïdes. Ceux que i'aime v-
ne fois, ie les aime toujours. Cette
cour n'est pas capable de me donner de l'orgueil : c'est vn vice qui
est aussi éloigné de moy, que
l'Ange superbe l'est des Cieux. Ie
suis tousiours au monde auec la
mesme inclination que i'ay toujours euë de vous honnorer. Ne
pensez pas que l'air de Rome la
puisse changer, non plus que la
passion que i'ay de vous seruir,
comme

VOSTRE,

CHAPITRE V.

Des Preceptes de la Lettre de Reproche.

TOut ainſi que nous ac-
cuſons nos amis de re-
froidiſſement; de meſme, nous
vſons de reproches enuers les
ingrats, & les vicieux.

La Premiere employe des
lenitifs & des reprimendes legeres, ou douces; mais icy on
eſt beaucoup plus ſeuere.

Le reproche ſe fait donc a-
uec vn dédain ouuert, ou

contre les hommes cruels, ou
bien contre les ingrats, par e-
xaggeration de leur vice, & de
leur barbarie, expofant les
bien-faits, les deuoirs & les
honneurs qu'on leur a toujours fincerement rendus. Ce
genre eft à peine fupportable,
bien qu'il femble neceffaire;
auffi void-on vne des Graces
qui tourne le dos aux deux autres, qui la regardent, pour
nous apprendre que la perfonne qui reçoit vn bien-fait, en
doit cõferuer le fouuenir, mais
celuy qui le donne, le doit en-
tieremẽt oublier. Neantmoins
l'ingratitude nous porte fouuent aux reproches : C'eft

pourquoy il les faut moderer
en telle forte , qu'on ne tef-
moigne point tant de regrets
du bien qu'on a rendu ; mais
pluftoft la bonne volonté que
nous auions pour la perfonne
à qui nous l'auons départy ;
que nous fommes affligez de
ce qu'elle ne refpond aucune-
ment à nos defirs; qu'elle nous
rend des iniures , au lieu des
faueurs; qu'vn honnefte homme ne doit iamais oublier vne
courtoifie , s'il ne veut paffer
pour ingrat; que dans les occafions, il nous abandonne,
ou diffimule, & ce qui eft le
plus infupportable , c'eft qu'il
bleffe mefme ceux qui l'affi-

ſtent. On conſidere la qualité
des bien-faits : Car ceux qui
regardent l'eſprit, comme ſont
les conſeils & la doctrine, &c.
ont touſiours eſté moins con-
ſiderables, que ceux de la fortune, bien qu'ils ſoient plus
grands en effet. Et on les peut
meſme reprocher honneſte-
ment. N'y a-t'il pas plus d'ingratitude à refuſer vn remer-
ciment àſon Precepteur (lors
que la bien-ſeance & le deuoir
nous y obligent) qu'à celuy
qui ne contribuë que des richeſſes periſſables. Il faut ſur
tout bien prendre garde à ne
pas tomber dans le commun
vice de ceux qui eſtiment leurs

bien-faits, au de là de leur iufte valeur : C'eft fe tromper
bien fort; ce n'eft pas auffi la
nature , qui nous a enfeigné
femblables chofes; c'eft pluftoft vne mauuaife couftume,
de forte qu'il n'y a perfonne
qui ne croye fes faueurs mille
fois plus grandes que celles de
tous les autres. Redemander
fes bien-faits, les retirer, &c.
eft vn vice plus odieux que
l'ingratitude mefme. On peut
bien auancer, qu'on fera plus
moderé dans fes liberalitez à
l'auenir, c'eft à dire qu'il faut
tefmoigner en telle façon noftre déplaifir, ou le vice de fon
ingratitude , que nous fem-
blions

blions contraints à luy tenir ce
langage de reſſentiment. Pour
l'ordinaire on commence par
vne plainte, par vn doute, ou
par vne exclamation, ou autre figure qui ſoit bruſque. Il
faut prouuer que noſtre douleur eſt iuſte, en repreſentant
l'atrocité du crime, ou de l'a-
ction. Ie ne fais pas beaucoup
de difference entre les Reproches, & la Plainte qui eſt ordinairement compoſée de
deux parties, à ſçauoir de
l'expoſition des iniures &
de la reparation, ou demande
de ſatisfaction, ſoit tacite, ou
expreſſe : l'artifice conſiſte à ne
ſe pas plaindre exceſſiuement

car comme vne haute felicité
tient bien souuent de la superbe; de mesme vne misere
trop excessiue est tousiours
remplie de plaintes & de larmes : les femmes, les enfans,
& les pauures nous l'appren-
nent tous les iours.

EXEMPLE.

IE ne commence par autre tiltre, ny par autre prerogatiue que par toy, puisque i'escris au Roy singulier des ingrats. N'auras-tu iamais honte de toi mesme ? ô le plus infame de tous les hommes! Certes ie desirois oublier les bien-faits que ie t'auois rendus, & enseuelir dans vn profond silence l'excez de ton ingratitude ; mais elle ne se peut plus dissimuler, & ta malice a tellement irrité ma patience, qu'il faut que i'esclate. Quoy, és tu bien si effronté, apres auoir

receu tant de liberalitez, de les
publier encore auec impudence,
comme si tu en estois digne? Tu
és si temeraire, que de m'appeller ingrat & me rendre toute forte de maux, apres auoir esprou-
ué mes faueurs. Ie ne veux point
d'autres tesmoins, que ta propre
conscience ; celle la dis-ie que tu
as noircie de tant de crimes, &
qui te sert à present de bourreau.
Dis moy perfide, ne t'ay-ie pas
accordé toutes tes prieres? Qu'il
fait mauuais obliger de petits sujets! ils sont ordinairement ingrats, pource que voyans bien
qu'ils sont indignes des bien-
faits, ils ne s'estiment pas capables de les reconnoistre. Ie meure

si ie ne rougis pour toy, quand ie
repasse par ma memoire tes ru-
ses & tes artifices, toy, le plus
flatteur & le plus dissimulé du
monde, qui versois des larmes
de Crocodile, pour donner plus
de couleur à tes feintes. I'ay
mesme honte de les escrire. Mais
pourquoy te reciter des choses
dont tu as encore la memoire
toute fraische? Que ta conscience te represente les ~~sermens et~~
les promesses que tu m'auois ~~ju-~~
~~rez.~~ Ie t'ay seruy en des rencôtres
tres pressantes: tu sçais l'Amour
que i'ay eu pour toy, & ce que
t'ay entrepris à ton occasion. I'ay
abandonné mes propres affaires
pour acheuer les tiennes: i'ay

confumé des mois entiers pour
ton inſtruction, & apres tant de
ſeruices, tu es encore ſi vicieux
que de les oublier? Et qui eſt celuy qui peut ſupporter tes imper-
tinences? Sans mentir ie regrette t a perfidie; adiouſte à tout cela ton eſprit rude & groſſier. Ne
rougis-tu point lors que tu iettes
les yeux ſur nos conferences? ſi
tu retournes à toy, tu auras horreur de ta propre perſonne; re-
ueille toy donc de cét aſſoupiſſe-
ment. Quoy, peus-tu bien t'em-
peſcher d'aymer une perſonne
à laquelle tu és ſi fort obligé? Tu
me blâmes pour m'auoir éprouué
trop débonnaire enuers toy, &
mépriſes tous les ſeruices que ie

t'ay rendus, Peindrai-je ſur ce
papier l'horreur de tes crimes?
L'ancre n'eſt pas aſſez noire
pour les bien repreſenter. Tu
ſçais les iniures que tu as vo-
mies contre moy, & comme l'ingratitude eſt touſiours à blâmer:
tu ne doutes pas que la tienne ne
ſoit execrable; que ſi tu trouuois
quelques defauts en moy, la bien
ſeance t'obligeoit à les taire, ou
du moins à les interpreter plus
fauorablement. Tu monſtres par
là que tu ne quitteras iamais tes
imperfectiōs. Tu parles plus mal
de ma perſonne que tu ne ferois
de ton plus cruel ennemi. Tu
ſçais que c'eſt vn crime digne de
punition, que de déchirer iniu-

stement la reputation d'un homme de bien, & de plus ton bien-
facteur. Tu ne te contentes pas
des paroles ; tu employes encore
les menaces: c'est ce qui découvre
ta folie. N'es-tu pas insensé de
me rendre des disgraces au lieu
de recompenses ? Oses-tu bien
apres cela paroistre en la compagnie des hommes & te presenter
deuant les Autels? Et tu oses
encore médire de ton bien facteur, de celuy qui s'est oublié
pour te seruir. Ie trouue quelque
sorte de plaisir à te reprocher les
biens que ie t'ay faits, & i'en
veux ioüyr te remettant deuant
les yeux les graces, que tu as receuës de moy, mais il est temps

de finir, bien que tu ne mettes
aucune fin à ta mesdisance. Vis
donc auec toy & meurs auec toy.

CHAPITRE VI.

Des Preceptes pour la Res-
ponse.

ON respond aux repro-
ches par des inuectiues,
sur tout, si la personne est vi-
cieuse, car quiconque en ac-
cuse vn autre, doit estre exēpt
de toute sorte de vices. Apres
donc auoir refuté ses obie-
ctions, nous reietterons sur

luy mefme les crimes, dont il
nous accufe. Les lieux les plus
propres à ce deffein, font la de-
finition, ou bien les defcriptions. Il y a des efprits boüil-
lans qui dés l'entrée de leurs
difcours, employent les menaces, difans qu'ils ne fouffri-
ront iamais femblables folies.
D'autres plus fenfez difent
qu'ils excufent ce premier
mouuement, & qu'ils luy ref-
pondent à regret. Ils adiou-
ftent qu'ils ne le veulent pas
imiter, ny feindre des crimes,
ainfi qu'il a fait. Plufieurs vfent
d'vn certain temperament,
& fe contentent de fe purger
des crimes qu'on leur a obie-

ctez; ou comme bons Chre-
ftiens, recueillent auec plaifir
du mal pour du bien.

Le plus expedient eft d'employer des raifons probables,
ou du moins vray-femblables,
pour le rendre plus criminel;
comme difant qu'il a inuenté
fauffement toutes ces calom-
nies, foit par haine, ou par enuie, foit par vn defir de vengeance, oû autrement, qu'il eft
naturellemēt porré à la médi-
fance : nous exaggererons fon
impudence & fon effronterie,
d'où il tire vanité, & en fait
gloire : nous luy renuoyrons
tous les vices qu'il s'efforçoit
de nous metre deffus, feignant

d'en paſſer vne infinité, ſous
ſilence, tant pour leur infamie, que pour eſtre indignes
de la bouche d'vn homme
vertueux ; qu'on s'eſtonne de
ce qu'il les oſe proferer, & de
plus les eſcrire.

Apres donc auoir deſcrit
& le perſonnage, & tous ſes
vices, nous conclurrons par
vne raillerie, ou par quelque
Satyre. Nous pourrons dire
qu'il n'eſt pas ſeulement o-
dieux, mais encore ridicule ;
qu'il n'eſt pas moins à mépri-
ſer par ſon inſigne folie ; qu'il
eſt deteſtable par ſa malice.

Sur la fin, comme ſi l'on de-
ſiroit de ſe moderer, on le ſup-

plieta de reuenir à foy, & de fe
reconnoiftre , d'vfer fouuent
d'Hellebore, s'il ne veut fentir
les efforts de noftre cholere.
On n'a pas befoin d'inftru-
ction en ce genre : quand on
veut médire , on ne manque
pas d'inuentions. Le meilleur
eft d'embraffer le fentiment
des Doctes & des Sages , qui
tiennent qu'on ne doit rien efcrire fur ce fuiet , fur tout dans
la chaleur , dautant qu'elle
nous aueugle l'efprit, & nous
ofte la connoiffance, nous em-
portant à des excez, dont nous
aurions regret , apres ce premier mouuement. Mais lors
qu'il eft moins violent ou tout

a fait appaifé , on examine
tous les chefs & tous les
poincts de fa Lettre; puis on
les refute les vns apres les autres fort modeftement,& fans
aucune paffion, apportant nos
raifons les plus fortes, & le-
uant toute forte de foupçons ,
& d'ombrages. Nous le conjurerons d'étudier nos actions
paffées, ou noftre vie prefente;
que nous n'auons iamais eu fujet de médire de fa perfonne ;
qu'il ne nous en peut arriuer
aucun profit ; mais pluftoft de
l'infamie , ou vn repentir ; que
s'il defire des marques de noftre bien-veillance , nous fommes tous prefts à luy en donner.

De plus on pourra encore dire qu'on l'a bien autāt obligé que le pouuoit meriter son bien-fait; que la misere où il estoit reduit, sa necessité, la charité, ses feintes & ses larmes, les prieres & les recommandations de plusieurs personnes, &c. nous ont obligé à le reconnoistre ; qu'on luy a mesme rendu au delà de ses merites: enfin que nous ne luy auons pas dōné sujet de parler de nous en ces termes. L'Ironie a fort bonne grace en ce genre, aussi bien que l'exclamation, le doute, & l'apostrophe, &c.

EXEMPLE.

I'Approuue la maxime de ce Philosophe, qui trouue du danger à respondre aux personnes que la fureur transporte: I'aime biē ses Preceptes, mais tō impudence m'arrache cette response, & tu eusses mieux fait de ne me point escrire du tout, que de m'enuoyer vne Lettre si mal faite: elle porte les couleurs de cette passion aueugle, & se ressent encore des desordres de l'esprit, d'où elle part. I'ay iugé par sa lecture que tu n'auois rien de bon en l'Ame. Tes paroles mal

couchées

couchées sur le papier , tesmoi-
gnent ta folie: tu parles sans ordre, sans suitte, & sans liai-
son. A n'en point mentir , ta
Lettre me fait autant de pitié
que ta personne. Ie iuge de la
foiblesse de ton esprit, par l'iniustice de tes pretextes; ie pense que
tu ne l'auras pas assez fort pour
tirer le sens de ma Lettre. Ie sup-
porterois auec moins de déplai-
sir tes iniures, si elles estoient couchées en meilleurs termes : tu és
aussi extrauagant que tes pensées, & tu passeras plustost pour
ridicule que pour raisonnable. Ie
sçay que ta cholere se pourra é-
mouuoir, & que mes raisons t'ir-
riteront , au lieu de t'apaiser.

C c

Neantmoins i'ay touſiours creu
qu'ileſtoit permis de me deffendre contre ceux qui m'attaquoiët
iniuſtement. Ne t'afflige donc
pas, ſi pour te dire la verité, ie
te remets en memoire la baſſeſſe
de ta condition, & le lieu de ta
naiſſance ; reſſouuiens toy des
Auteurs de ton auancement.
Mais quoy? eſt-il poſſible que tu
ayes oublié mes ſeruices? Tu pro-
cedes auec moy comme ſi ie ne
connoiſſois pas toutes tes fraudes.
A quoi penſois-tu quand tu m'é-
criuis ? Où eſtoit ton eſprit? Certes il eſt auſſi mal fait que ton
corps. Tu ne te ſouuiens plus des
reigles de l'amitié, ny des loix de
la bien ſeance. Peut-eſtre t'ima-

ginois-tu de ne pas trouuer vne
responfe digne de toy. Non, non,
il fe trouue des chaftimens &
des peines qui peuuent efgaler
l'ingratitude. Toutesfois ie me
dedis, on ne te fçauroit rendre
la pareille ; puis qu'il n'eft pas
feant à vn homme d'honneur &
de condition, de s'entretenir a-
uec toy. Tout mon regret eft de
m'eftre peiné pour vn mécon-
noiffant. Ne t'en refte-il point
quelque fenfible remords enl'A-
me ? Crois-tu t'excufer en me
blafmant ? N'efpere pas d'eftre
iamais fain, fi cette paffion te
continuë.Tu m'accufes de tes vices en me nommant ingrat, tu
fçais bien que c'eft le nom le plus,

propre à tes actions. Apres tout
il n'y a rien qui diminuë tant le
prix des bien-faits que la vanité
qu'en retire celuy qui les a de-
partis. Tu ne pouuois pas mieux
t'en dégager , qu'en me les re-
prochant. Mais penses-tu que
tes reproches effacent le tort que
tu me fais ? Il t'est plus honteux
de me reprocher quelque legere
faueur , qu'à moy d'en estre ingrat. Et ce qui m'offence dauantage , c'est que tu m'accuses de
tes imperfections , & feins des
occasions qui ne furent iamais.
Pour t'auoir aduerty de ton
bien, il ne m'en reste que ton ini-
mitié. Il est vray que celuy qui
trompe ses parens , peut bien en-

core me tromper. Tu t'éloignes si
fort de la vertu, que desormais
tu n'auras point de honte de tout
ce qu'on te sçauroit dire ny reprocher. Il ne te faut pas faire
grand mal pour t'obliger à beaucoup de plaintes. L'humeur qui
t'a ietté dans ce débordement, a
besoin d'estre corrigée. Tu auan-
ces des crimes si peu apparens
qu'ils iustifient mon innocence en
te rendant coupable. J'espere que
tu receuras quelque iour la punition que tu merites. Si tu trou-
ues trop de seuerité en mes inuectiues, considere l'excez de tes
crimes, & tu les iugeras trop
douces. Tu ne me sçaurois iusti-
fier ce que tu dis : l'imprudence

qui te condamne, ne sçauroit excuser ton infamie. Il m'est difficile de te dire tes veritez, sans
t'escrire beaucoup d'iniures. Ie
te conseille de viure seul, ou du
moins a te passer de moy. Quitte ton humeur violente, quand
ce ne seroit que pour l'amour de
toy-mesme : car si continuës plus
long-temps en ces excez, on ne
fera non plus d'estat de ta personne, que de tes reproches. Ren-
tre donc dans les termes de la
discretion, repens-toy de tes outrages, auoüant ta faute, si tu
ne veux en ressentir la punition,
& laisser vne horreur de ta memoire, comme tu as perdu le souuenir de mon amitié.

CHAPITRE VII.

Des Preceptes des Lettres d'Auertiffemens.

C'Eſt vne eſpece de correction, qui approche de
l'inuectiue : mais qui eſt plus
moderée. Les aduertiſſemens
ſe traittent par diuerſes conſiderations, & ils tendent plus
au profit de celuy à qui l'on eſcrit qu'à ſon blâme. Pre-
mierement. On luy met-
tra deuant les yeux ſa faute,
l'exaggerant viuement, ſi elle eſt importante. Seconde-

ment. Apres auoir propofé le
fait, on l'appuyera de fes adjoints, & de·toutes fes circonftances. Tiercement. Luy faifant connoiftre que c'eft par
pure amitié & par affection du
tout defintereffée qu'on le re-
prend ; que c'eft elle feule qui
nous a mis la plume à la main;
que fes vertus le rendent re-
commãdable parmy les hom-
mes, mais que cette feule pe-
tite tache, eft vne fletriffeure à
toutes les autres. Quatriefme-
ment. Il luy faut tefmoigner
qu'on à efperance qu'il s'a-
mendera. On y peut mefler,
ou predire les maux qui luy
arriueront s'il ne change.

Mais parce que nous auons
de la peine à aymer ceux qui
nous reprefentent nos imperfections, on l’adoucit par quelque trait de loüange, excufant
fes defauts autant que la verité
& la bien-feance nous le per-
mettront, comme fur fa ieuneffe, ou fur l’imprudence de
ceux qui l’ont confeillé. Nous
luy remontrerons que plu-
fieurs grands hommes ont efté
atteins de femblables defauts,
mais qu’il doit les quiter ; qu’il
n’eft pas feant à vn Chreftien,
de croupir dans fes vices. Enfin agir en telle maniere qu’on
le retire de fon erreur. Quand
on efcrit aux Grands, on loüe

les vertus qui leur manquent,
ou bien l'on blâme auec horreur les vices qui fe rencon-
trent en d'autres fuiets. Que fi
nous fommes abfolus aupres
de celuy à qui nous efcriuons,
nous le pourrons aduertir de
fon deuoir, fans iniure, ny of-
fenfe.

Nous dirons que noftre â-
ge & noftre autorité nous ont
acquis des experiences, dont il
n'eft pas encore capable; que
nous fommes tout prefts à l'ai-
der de nos fideles confeils.

En vn mot par vn difcours
fort graue nous luy appren-
drons les moyens qu'il doit
obferuer pour bien reüffir en

nos conseils. On choisit les
Sentences les plus rares & les
exemples des meilleurs Auteurs, & sur tout ceux, dont
l'autorité est connuë de la personne à qui nous escriuons, luy
representant la loüange, ou
l'infamie, qu'en ont receu ceux
qui en ont esté atteints. Ce
genre traitte quelquefois d'a-
uis simplement, & d'autrefois
fois on y ioint la reprimende,
& les enseignemens.

EXEMPLE.

MONSIEVR,

Il n'y a point d'hommes qui
vſent de plus grande liberté en
leurs remonſtrances, que ceux
qui aiment beaucoup. Si ie me
trouue maintenant vn peu plus
hardy & plus libre que ie ne dois,
l'Honneur & l'Amour que ie
vous porte, m'en donnět le ſujet.
Quoy qu'il en ſoit tout ce que ie
vous diray, partira d'vn ardent
deſir pour voſtre bien. Le Sage
n'a garde de fermer l'oreille à la
voix de celuy qui le pique ſur

quelque mauuaise action de sa
vie, sur tout quand ses reprimendes sont conformes à la verité. Il ne les neglige point, il les
embrasse à l'amiable, pour en faire son profit. La correction n'est
mauuaise qu'à celuy qui veut
croupir en l'ordure de ses vices.
Ce langage que ie vous tiens
n'est pas intention de vous offenser, mais pour vous faire entrer en vous mesme. Ie vous aduertis de ce qui vous est vtile, &
vous prie d'arrester ce cours im-
petueux, & ces desirs violents.
Vous estes en vn âge où se iettent
les fondemens de la reputation.
Vostre naissance est illustre, &
vous auez assez d'esprit pour

connoiſtre qu'il ne vous manque
point d'autre bon-heur que celuy
de vous reconnoiſtre. Vos amis
deplorent voſtre mal-heur : &
ceux qui vous hayſſent, parlent
en tres mauuais termes de voſtre vie. Ils ſont bien aiſes de
voir languir voſtre vertu, qui
ſe laiſſe emporter à des occupations trop baſſes, & trop molles:
~~de miniſtere eſt trop~~ voſtre gloire pour y ſouffrir cette fletriſſeu-
re, & on n'oſeroit plus parler de
vous auantageuſement. Que ſi
vous adiouſtez vn peu de creace
aux côſeils de mon amitié, vous
quitterez vos vices, & ne vous
laiſſerez plus emporter ſi vio-
lement à des appetits dereglez.

Attendez vous du temps ce que
la raison vous doit reprefenter
tous les iours ? Tant de iuftes
occafions vous preffent à ne dif-
ferer plus ce changement. Ie ne
puis vous taire la perte de voftre Ame, fans trahir mon deuoir, & ie prends trop de part en
voftre reputation, pour fouffrir
qu'on la déchire. Ie ne vous diray point les maladies qu'apor-
tent femblables vices, ny les gef-
nes que vous fouffrez au lieu
du repos dont vous pouuez
iouïr. De grace, meditez vn
peu fur ce fujet, & vous trouuerez que voftre perte eft ineuitable, puifque vous vous laiffez,

conduire à vne paßion aueugle. Croyez moy, euitez les conſeils de vos ennemis, qui prennent plaiſir à vos diſgraces. Sui-
uez pluſtoſt ceux de vos amis,
& vous retirez de l'infamie.
Vous ſçauez que i'ay l'honneur
de vous eſtre veritable amy &
tres fidele ſeruiteur?

Des

CHAPITRE VIII.

Des Preceptes pour la Res-
ponse.

ON remercie premiere-
ment la personne de ses
vtiles remonstrances, auec promesse de s'amender à l'adue-
nir. On l'entretiendra du fruit
de ses aduertissemens, apres
auoir loüé son affection & sa
prudence, qui ne sçauroit nous
souffrir dans les vices ; que
nous les quitterons auec ioye,
puis qu'ils sont contraires à

D d

noſtre ſalut, &c. On conclur-
ra par vne profonde reconnoiſſance & vn offre de ſeruice, ſans oublier les Eloges que
meritent la beauté de ſes diſcours. La Réponſe de la Lettre d'exhortation & de remer-
ciment, peuuent fournir de
matiere, ſur ce ſujet, à ceux qui
ſe trouuent ſteriles, & qui
manquent d'inuentions.

EXEMPLE.

MONSIEVR,

S'il y a de l'inhumanité à
senſurer les plus legeres fautes

des hômes; il est certain qu'on ne
sçauroit taire le~~s~~ ~~quels faire~~ se
rendre complice ~~de leurs crimes~~.
Ces bons aduertissemens que
vous me donnez, me sont des
tesmoignages de la sincerité de
vostre affection, & ie vous iure
que ie n'auray rien de plus cher
au monde que leur accomplis-
sement : s'ils vous sont agreables, ils me sont encore plus sa-
lutaires. Ie quitte dés à present
mes debauches pour embrasser vos vtiles conseils, qui se
representent tousiours à ma memoire. Iugez de combien ie vous
en suis obligé. Vous ne vous contentez pas de m'aymer, vous
cherissez encore ma reputation,

Dd ij

& tout ce qui la peut augmenter. Mes vices vous affligent
& vous mourrez de me voir
viure sans honneur. Asseurez
vous que ie n'oublieray iamais
vne faueur, ou pluſtoſt vne
conuerſion qui m'eſt ſi auanta-
geuſe. Ie chercheray tous les
moyens imaginables, pour vous
faire connoiſtre que ie ſuis

VOSTRE, &c.

FIN.

www.ingramcontent.com/pod-product-compliance
Lightning Source LLC
Chambersburg PA
CBHW070550030726
47505CB00001B/224